AF290444

FSC
www.fsc.org
MIXTE
Papier issu
de sources
responsables
Paper from
responsible sources
FSC® C105338

[Paramètres]

[Jean-Marc Bassetti]
[Amor-Fati]

ISBN : 978-2-3221835-4-8

Dépôt légal Novembre 2019

[Rendez-vous]

Retrouvez ce livre, ses personnages, les avis des lecteurs et plein de choses sur le site

www.parametres.net

[En guise de préface]

Je suis un auteur de « courts ».

La plupart des textes que j'ai publiés, sous forme de livres ou de chroniques sur mon site sont des textes courts. Voire très courts.

Pendant un an, je me suis même astreint à écrire des histoires de mille caractères. Pas un de plus, pas un de moins. Mille juste. Pile poil.

Le seul roman qui soit sorti de mon imagination (*Je m'appelle Mo*) est conçu à partir de cent chapitres de mille caractères.

Et ce livre ne fera pas abstraction. Au départ, c'était juste une nouvelle. Courte évidemment. Pour vous donner une idée, elle s'arrêtait à la fin du chapitre 13 de ce livre : « *Et puis ce soir, à minuit pile, je remettrai la roue sur 2019 et je validerai. Ou pas...* »

Et le hasard a voulu qu'un samedi de février, Laurent Loison, auteur de thrillers (*Chimères, Cyanure, Charade*), vienne faire une série de dédicaces près de chez moi. Nous nous sommes rencontrés, nous avons discuté de nos projets respectifs et je lui ai envoyé ma nouvelle « *Paramètres* ».

— *Quoi ?* s'est-il exclamé. *Pourquoi t'arrêtes-tu ? Tu tiens un bon début de roman, vas-y, fonce. Moi si j'étais à ta place, je n'hésiterais pas une seconde.*

Je l'ai écouté et j'ai écrit quelques nouveaux chapitres avant de partir en voyage avec mon fils. En route, entre Bordeaux et la Normandie, tout en conduisant, nous avons bâti l'architecture de cette histoire. Merci Quentin pour ce trajet complice où nous avons réfléchi, proposé des avancées, réfuté des pistes, mais où nous avons posé les bases de ce roman. Et bien rigolé ensemble.

Un roman court, écrit en cent vingt-et-un chapitres courts, chacun étant construit comme une mini-nouvelle. Courte.

On ne se refait pas.

Bonne lecture.

[01]

La lumière du lampadaire filtre à travers les rideaux. Un coup d'œil rapide sur le radio-réveil. Il est sept heures. Il fait encore nuit. Les infos démarrent. Comme tous les jours.

« France Inter, nous sommes le Vendredi 8 mars 2019. Les nouvelles de la matinée, Nicolas Demorand. »

J'éteins aussitôt. Comme tous les matins. C'est marrant, depuis des années je mets les infos de la matinale pour me réveiller et systématiquement, j'éteins avant que ça ne commence ! Pas envie de savoir peut-être ?

Bon sang, j'ai la bouche pâteuse ! Comme si j'avais la gueule de bois. D'accord, je me suis couché tard, mais je n'ai rien bu d'extraordinaire. Hier soir, on a regardé deux épisodes de Game of Thrones. Rien de plus. On est un peu accros à cette série. Jusqu'à maintenant, on avait toujours dit qu'on ne voulait pas la regarder, que c'étaient les bobos qui s'intéressaient à Westeros et à ses habitants étranges. Un soir par hasard, on a regardé avec des amis les deux premiers épisodes et la sauce a bien pris. Ça nous a plu. Beaucoup même ! Depuis, on enquille les saisons les unes après les autres. Une vraie drogue. Mais bon, une soirée comme toutes les autres. Sans surprise. On s'est couchés bien avant minuit. Clotilde s'est endormie à toute vitesse. Moi, j'ai lu trois ou quatre pages de mon polar avant de sombrer à mon tour. C'est une manie. Je n'arrive pas à dormir si je ne me plonge pas dans un bouquin, au moins quelques minutes. Ça me fait décrocher du quotidien. C'est une espèce de tremplin entre la vraie vie et la vie des rêves, celle du sommeil.

[02]

J'ai mal au cœur. Je suis tout barbouillé comme disait ma mère, j'ai envie de vomir. L'impression de gueule de bois persiste. Je repasse intérieurement ma soirée en détail. Non, rien de spécial côté alcool au moins. Un petit whisky à l'apéro, mais la dose minimale, pas de quoi assommer un régiment de Polonais. Du soft ! Je ne pense pas avoir mangé quelque chose de mauvais non plus. Jambon salade, un morceau de fromage et une pomme. Dans le genre pépère, on ne fait pas mieux ! Ou alors c'est le yaourt d'hier midi ? Non, je plaisante ! Rien à faire, je ne comprends pas pourquoi ce malaise. J'espère seulement que ça va passer vite.

Il fait encore sombre dans la chambre. Normal, c'est à peine le printemps. Je prends quelques minutes pour m'étirer, pour me sortir complètement du pâté dans lequel je semble nager. Si je ne fais pas quelque chose rapidement, je sens que la journée va être dure. Et longue surtout !

Je tends le bras vers la place de Clotilde. Elle est déjà partie. Mince ! C'est vrai qu'elle est du matin cette semaine. Décollage à cinq heures trente. Et je n'ai rien entendu ! Dommage, j'aurais bien aimé un petit bisou, voire plus... On verra ce soir !

Il faut que je me lève vite fait, je ne suis vraiment pas en avance ce matin. Démarrage de la classe à neuf heures pétantes et les gamins ne vont pas me faire de cadeau. Surtout qu'en ce moment, ils sont passablement énervés. À une semaine des vacances, c'est souvent comme ça. L'inconvénient de passer en dernier. L'an prochain, c'est notre zone qui partira la première. Allez, hop, la douche, ça va peut-être me remettre les idées en place.

[03]

Un coup d'œil dans le miroir en passant. Je m'arrête. Je retourne devant le lavabo. La vache, je ne sais pas ce que j'ai fait hier soir, mais j'ai une sale gueule. L'impression d'avoir pris dix ans d'un coup. Cheveux courts, comme d'habitude, mais j'ai une drôle d'allure. Un air fatigué, tendu. Comme si de nouvelles rides étaient apparues pendant la nuit. Je m'approche plus près du miroir. Ma cicatrice ? Ma cicatrice sur le front ? Elle n'est plus là. Je regarde de plus près, en ouvrant exagérément les yeux. Rien. Alors, ça, c'est bizarre. Je l'ai toujours eue cette cicatrice, du moins aussi loin que je me souvienne. Je ne sais même plus comment je me la suis faite d'ailleurs. Quand j'étais gamin, je pense. Il faudra que je redemande à Maman. Les mères, ça n'oublie rien.

Ça disparaît du jour au lendemain les cicatrices ? Je ne crois pas.

Je rentre dans la cabine de douche. Tiens, un nouveau gel douche-shampooing. Rouge. Coquelicot. C'est quoi ce truc ? Je ne me souviens pas avoir terminé l'autre pourtant. Moi, ce que j'aime, c'est vanille ou coco. Ou lait. Mais coquelicot, quelle idée ? Peut-être une promo à Carrefour. Clotilde est une malade des promos ! À partir du moment où il y a une grosse réduction, elle achète ! Quitte à prendre des trucs qu'on n'utilise jamais… et en trois ou quatre exemplaires en plus !

La douche me fait du bien. C'est pas ma tasse de thé ce gel coquelicot, mais je me sens moins dans les vapes ! Je me brosse les dents sous le jet de la douche. Ça m'arrive parfois quand je suis archi-pressé comme ce matin. Je sors de la cabine, je passe sur la balance vite fait. Quatre-vingt-un tout mouillé. Pas de soucis.

La serviette autour de la taille, je reviens dans la chambre. C'est vraiment une bonne idée les suites parentales. Ça évite de se trimbaler dans le reste de la maison à moitié à poil. Je cherche mes vêtements d'hier soir. Rien sur la chaise. Clotilde a dû les prendre pour faire une machine avant de partir au boulot. Ça aussi, c'est une manie, la lessive. Je l'appelle Clotilde Luke, la femme qui lave plus vite que son ombre !

Vite fait, j'ouvre mon placard, je prends un pantalon et une chemise. C'est quoi cette chemise ? Après le gel douche coquelicot, voici une nouvelle surprise. En promo aussi les chemises ?

[04]

Je suis vraiment en retard. Un café me fera le plus grand bien. Un café bien serré pour dissiper ce malaise de la nuit. Mais vite fait, je n'ai pas le temps de traîner. Je descends l'escalier, pousse la porte de la cuisine.

Bleue. La cuisine est bleue.

Je me frotte les yeux. Je vais me réveiller. Où est passé mon papier peint avec des moulins à café ? La cuisine est peinte en bleu. Avec une étagère que je ne connais pas au-dessus de l'évier. Avec un frigo acier à la place de mon frigo blanc. Avec une table en pin ronde alors qu'hier soir, elle était rectangulaire avec une toile cirée. Je regarde dans tous les sens pour essayer de me raccrocher à quelque chose que je connais.

C'est quoi ce bordel ? Je me pince, je me griffe. Je dors encore ou quoi ? Après le gel douche, la cicatrice et la chemise, voilà la cuisine ! C'est une caméra cachée ? Ils sont où les micros ? C'est pour quelle chaîne ?

J'ouvre le placard qui, lui, n'a pas changé, pour prendre mon mug habituel. Je fouille. Disparu ! Mon mug fétiche. Celui avec le chalet et les trois signatures. Il est où ? Putain, ça fait plus de dix ans que je prends mon café dedans tous les jours. Il est où ? Pas dans le placard, pas dans le lave-vaisselle, pas dans l'évier…

Allez, je ne vais pas perdre encore plus de temps à le chercher. Je verrai ça ce soir. Plutôt résigné, je me sers mon café dans une tasse que je ne connais pas dans une cuisine qui est la mienne sans être vraiment la mienne.

Une cuisine bleue !

Sur les étagères, trône de la vaisselle que je n'ai jamais vue. Sur le plan de travail, un robot ménager inconnu et dans les tiroirs, des couverts qui ne sont pas les miens.

Le tout dans une cuisine qui est bien la mienne… Ou à peu près.

[05]

Soudain, mon regard se pose dans le coin de la pièce, près de la porte. Et se pose sur du vide. Sur quelque chose qui devrait y être et qui n'y est pas.

La caisse du chat.

Où est-elle ?

J'ai changé la litière hier soir et j'ai remis la caisse à sa place, à côté de la gamelle argentée pleine de croquettes et du bol d'eau. Qui ne sont plus là non plus. Le chat aurait disparu lui aussi ? Ce p… de matou que je déteste. Un chat de gouttière noir avec des pattes blanches que Clotilde m'impose depuis deux ans. *Praline*. Je n'ai jamais pu le voir, *Praline*. Il est tout le temps fourré dans mes pattes. On dirait que les chats ont un radar pour dégoter les gens qui ne les aiment pas et pour leur pourrir la vie en permanence. Il grimpe même dans la chambre, se fourre sur le lit en laissant des poils partout et j'ai horreur de ça. Au début, j'ai fait la guerre pour qu'il ne monte pas et puis j'ai abandonné. À deux contre un, je ne faisais pas le poids. Clotilde et *Praline* sont plus forts que moi. Plus de chat ? Voilà au moins un côté positif à cette histoire qui n'a ni queue ni tête !

Je file à la fenêtre de la cuisine et regarde dans la rue. La folie est-elle allée jusqu'à modifier mon entourage ? Au premier coup d'œil non. Je reconnais les voitures des voisins, la mienne, toujours garée au coin de l'avenue, la boîte aux lettres, la boulangerie de la rue Pasteur, les voitures qui passent, les gamins sous l'arrêt de bus avec leur téléphone à la main et leurs écouteurs sans fils plantés dans les oreilles, le platane juste en face de la maison.

Peut-être une crête d'immeubles que je ne reconnais pas, là-bas derrière les arbres du parc.

Il n'y a pas à dire, je suis chez moi, mais tout a changé.

[06]

Par la porte ouverte de la cuisine, je l'entends. Il vibre. Mon téléphone. Il est resté sur ma table de nuit où je le mets à charger tous les soirs, en mode silencieux. Un message. Certainement Clotilde qui vient m'expliquer ce qui pour moi est inexplicable. Je monte l'escalier quatre à quatre, je vais sûrement avoir la solution, comprendre ce qui se passe. Essoufflé, j'entre dans la chambre, j'allume.

Ah oui... Tout à l'heure, j'étais mal réveillé, dans le cirage, mais là, je me rends compte. Et je reste immobile, scotché devant la porte de la chambre. Comme pour la cuisine. C'est bien ma chambre, notre chambre à Clotilde et moi, mais... Je ne connais pas ce bois de lit, je n'ai jamais vu cette housse de couette ni ce tableau au-dessus de nos têtes. Un tableau abstrait, moi qui ai horreur de ça. Un méli-mélo de couleurs bariolées. Quelle horreur !

Et cette robe sur la chaise ? Clotilde ne porte quasiment que des pantalons. Du moins au quotidien. Pour une soirée ou une occasion, ça lui arrive de porter une robe ou une jupe, mais pour son boulot, pour tous les jours, elle est en pantalon !

La tête me tourne. J'ai l'impression de devenir dingue. Je m'assois sur le lit et me saisis de mon téléphone. Mon Iphone. Mon vieil Iphone 4 acheté le jour de sa sortie. Ça fera bientôt neuf ans. Aucune envie d'en changer. Je le déverrouille. Fond d'écran : une plage que je ne connais pas, avec un coucher de soleil. Décidément, cette matinée me joue bien des surprises. Tant que j'y suis, je vérifie les infos d'un coup d'œil rapide : 8 mars, 8 h 04. C'est bon. Autant que je me souvienne, hier, on était bien le 7, c'était l'anniversaire de Clémence et on lui a fait souffler ses bougies à midi dans la salle des profs.

Enfin un truc qui colle.

[07]

Un message de Lison.

Avec trois gros cœurs roses qui me sautent aux yeux !

Lison ? Quelle Lison ?

« Super soirée hier. Mais trop arrosée. J'ai mal au crâne. Ce matin, j'ai fini de ranger et je suis partie vite, tu dormais à poings fermés. J'espère que tout va aller bien pour toi. Bon courage pour ta journée. Hâte de te retrouver ce soir. Je t'aime fort. Je t'embrasse comme tu aimes. »

Je suis abasourdi, complètement assommé. Heureusement que je suis assis sur le lit parce que je serais tombé. Tête au plafond, je fouille dans ma mémoire pour trouver une Lison. Je devrais me souvenir facilement, ce n'est pas un prénom hyper courant ! Ah si… La seule Lison que je connaisse, c'est une amie de Clotilde, une petite brune aux cheveux courts. Elle va au même cours de modern jazz que Clotilde, le mardi soir à dix-neuf heures. Je l'ai aperçue trois ou quatre fois en allant récupérer Clo à la salle polyvalente, mais c'est tout. Je la connais vaguement, et encore, connaître, c'est beaucoup dire ! Je ne sais même pas si on a échangé trois mots ensemble, à part bonsoir ou salut. On a dû trinquer une fois au pot de fin de saison l'année dernière. Je ne connais même pas le son de sa voix. Comment peut-elle m'écrire un message pareil ? Je remonte le fil de nos conversations SMS. Il y a des centaines de messages. Je les parcours rapidement. Des messages d'amour, des petits cœurs, il y en a des dizaines, avec des bisous, des Je t'aime, mais aussi des messages quotidiens, des trucs de tous les jours. « Pense à prendre du pain. Je rentrerai à dix-neuf heures ne t'inquiète pas. Il n'y a plus d'eau, j'en prends en passant. As-tu pensé à déposer la lettre des impôts ? »

Et mes messages à moi sont de la même teneur.

Quotidiens et amoureux. Visiblement, notre relation ne tient pas uniquement à bonjour au revoir devant la salle Po.

Mais ma femme, mon épouse à moi, c'est Clotilde, je ne me trompe pas. Du moins jusqu'à ce matin !

[08]

Tant que j'ai le téléphone à la main, je le regarde sous toutes les coutures. Mon Iphone 4, je le connais par cœur. Mes doigts défilent à toute allure sur les touches, je balaie l'écran à grande vitesse, de quoi donner le tournis à un débutant. Encore heureux que lui n'ait pas changé !

Je découvre des tonnes de photos classées par dates ou par thèmes dans des dossiers. Des gens que je connais à peine, d'autres que je ne connais pas du tout. Des jeunes, des moins jeunes, des vieux, des enfants, des paysages, des assiettes, des voitures, des gens à table, des réunions, des pots de départ, des Pères Noël... Et surtout, des centaines de photos de Lison (c'est bien elle, celle du cours de danse !), certaines peu habillées d'ailleurs, des photos de nous à la plage, dans un lit (ce qui ne laisse que peu de doute sur la nature de nos relations), des selfies de moi, d'elle, de nous deux, des lieux inconnus avec des gens inconnus.

Mais aussi Lison et moi chez mes parents, avec mon frère Julien et ma belle-sœur Zoé, Lison autour de la table dans la maison de campagne de Clément et Gabrielle, des copains de longue date. Clément était au lycée avec moi il y a ... pfff ! Ça fait des années que je ne les ai pas vus. Clotilde était fâchée depuis cinq ans avec Gaby. Et par conséquent, j'ai perdu Clément de vue.

Mais aussi Lison et moi sur des skis à Val d'Isère il y a deux semaines. Le quatorze février, Saint-Valentin au resto, devant une raclette, avec la montagne dernière nous. Mais en février, je ne suis pas allé au ski. Il y a d'ailleurs des années que je n'ai pas vu la neige. En février, nous sommes allés à Poitiers, chez les parents de Clotilde, même qu'on en a profité pour aller au Futuroscope et que j'ai été malade sur les fauteuils du Cinéma 3D. Est-ce Game of Thrones qui me perturbe tant au point que je ne me souviens pas de ma propre vie ?

[09]

Et le plus étrange, c'est la disparition complète de Clotilde. J'ai beau fouiller, je ne la retrouve nulle part. Pas une seule photo d'elle, pourtant Dieu sait qu'on en a fait des milliers depuis cinq ans qu'on est ensemble ! En Bretagne, à la montagne, autour de la table, en Alsace, aux Etats-Unis lors de notre voyage il y a trois ans. Mais aussi en famille, ici dans la maison pour des anniversaires ou des soirées avec ses amies et collègues. Et puis des photos plus intimes, plus personnelles, qu'on ne partage pas habituellement. Tout cela s'est volatilisé, comme si rien n'avait jamais existé. Comme si un grand trait avait été tiré sur ma vie et que d'un coup de baguette magique, une autre vie avait été tracée, sans mon consentement.

Je suis perdu, vraiment perdu. D'autant qu'hier soir, on était bien tous les deux. Après les deux épisodes, on est monté se coucher et…. Je ne vous fais pas un dessin, mais j'ai encore le souvenir de ce moment de tendresse que nous avons partagé.

Je me lève, je fais un peu les cent pas dans la chambre, entre le lit et l'entrée de la salle de bains. J'ai la tête qui tourne, j'ai l'impression d'être témoin d'une vie qui n'est pas la mienne. Et ça ne s'arrête pas aux photos. Pas un seul SMS, pas un mail. Clotilde n'est pas dans mes contacts. Je n'ai ni son adresse mail, ni son numéro de téléphone. D'ailleurs tout cela aussi est étrange. Il y a certains contacts qui me sont inconnus, d'autres que je ne trouve plus. Et des conversations par mail qui ne me concernent pas. Je feuillette tout ça à toute allure, mais je n'ai pas vraiment le temps, je verrai bien ce soir en rentrant.

[10]

Que va-t-il encore m'arriver aujourd'hui ? Je fais rapidement un petit bilan de mes découvertes de la matinée. La cuisine est bleue, la chambre a changé, mon lit aussi. Moi-même j'ai pris un sacré coup de vieux : de nouvelles rides sont apparues, je viens d'en avoir confirmation dans le miroir de la chambre. Par contre, ma cicatrice n'est plus là. Et je ne parle même pas du gel douche et des fringues !

Clotilde, qui partageait ma vie jusqu'à hier soir a disparu corps et biens, j'ai dans mon téléphone des messages d'amour et des photos d'une femme que je ne connais pas et qui, visiblement, vit avec moi !

Et pourtant, j'ai juste dormi une nuit !

Si la vie à l'extérieur de la maison est à l'image de ce que je découvre ici, que vais-je trouver ? De nouveaux élèves ? Une nouvelle école ? De nouveaux collègues ? Un nouveau maire ? Un autre président de la république ? Y a-t-il un nouvel immeuble dans le terrain vague près du stade ? Je m'attends à tout.

J'avoue que je ne pige rien. Rien de rien.

Je décide de redescendre à la cuisine pour me faire un nouveau café et essayer de comprendre.

Au passage, j'en profite pour faire le tour de la maison. À commencer par le bureau, juste en bas de l'escalier.

Je descends les marches lentement, presque à regret, comme si j'allais à l'échafaud. Je prends une grande inspiration et en fermant les yeux, je pousse la porte du bureau.

[11]

Rien ne ressemble à ce que j'ai laissé là hier soir avant de m'endormir.

Le bureau n'est plus à la même place. Je devrais dire les bureaux car il y a deux tables de travail, avec deux ordinateurs, une imprimante sans fil différente de la mienne.

Clotilde est allergique à l'informatique. Elle n'a pas de bureau, encore moins de PC.

Je m'approche de ce qui semble être mon espace personnel, vu les bouquins de classe posés sur l'étagère au-dessus. Juste devant moi, dans un cadre près de l'écran de l'ordi, une photo attire mon regard. À première vue une photo de mon mariage. Avec Lison. Belle et radieuse, me donnant la main et montrant sa nouvelle alliance à l'objectif. Elle est souriante et visiblement heureuse. Et moi aussi je parais complètement à mon aise dans un costume à fines rayures bleues et une chemise blanche. Pas de cravate, ça au moins ça n'a pas changé ! Tant mieux ! Nous sommes donc mariés. Ce n'est pas une blague. D'ailleurs, l'alliance à mon doigt est la même que sur la photo.

En arrière-plan, je reconnais mon frère Julien et ma belle-sœur Zoé. Alléluia, j'ai encore un frère ! Et il est marié à la même femme ! Un détail pourtant me saute aux yeux. Non ! Aucun doute possible ! Elle est enceinte. Et bien même… Les mains posées sur son ventre rond, elle fait des grimaces dans mon dos. La semaine dernière, Clotilde et moi sommes allés passer la soirée chez eux et ils nous ont raconté leurs problèmes pour avoir un enfant. Ce n'est pas nouveau, voilà déjà trois ans qu'ils essaient, sans succès. Zoé semblait désespérée et ils envisageaient même une fécondation in vitro. Avant de se lancer dans la grande aventure de l'adoption si la FIV avait été un échec. Mais ils n'en sont pas là, il y a encore du chemin, et beaucoup, beaucoup d'espoir.

[12]

Je serai en retard à l'école, tant pis, Christelle prendra ma classe en attendant que j'arrive. Chacun son tour. La semaine dernière, c'est elle qui avait eu une panne d'oreiller ! Je tourne et retourne tout dans ma tête. Je veux comprendre, même si je pense que c'est peine perdue pour le moment.

Mon téléphone vibre à nouveau. Je le sors de ma poche et d'un geste rapide, le remets sur *Sonnerie*. Je regarde l'écran. Apparemment, C'est Nicolas Loiseau. C'est du moins le nom qui est indiqué juste au-dessous de la photo d'un type d'une quarantaine d'années, blond et barbu, avec de grands yeux bleus. Un vrai Viking ! Jamais vu ce mec-là, aucune idée de qui il peut être. Je laisse sonner. Vraiment pas envie de décrocher. Et pour dire quoi ? Que dire à quelqu'un qui est dans mes contacts, qui me connaît suffisamment bien pour m'appeler à neuf heures du matin, mais dont je ne sais rien, même pas son nom ?

Quelques secondes se passent. Dring-Dring ! Un SMS maintenant. C'est le même Nicolas :

« Que fais-tu ? Tout va bien ? Tu es attendu à Victor Hugo pour inspecter Madame Lemarinier et Monsieur Lemarchand. On avait dit huit heures trente. Je suis sur place, je veux bien les faire patienter un peu, mais c'est toi le patron, c'est toi qu'ils veulent voir ! La petite dame est dans tous ses états. Dis-moi vite si tu as un empêchement. »

Je repose mon téléphone complètement assommé. Ma classe ? Mes élèves ? Mes collègues ? Mon CM1-CM2 ?

En plus, si je comprends bien ce que je viens de lire, je suis inspecteur !

Il ne manquait plus que ça !

Un peu par défi, sans vraiment savoir ce que je vais faire, je réponds : « J'arrive. »

[13]

Et en voulant reposer mon téléphone, un petit détail accroche mon regard : Vendredi 8 mars, et en plus petit en-dessous : 2024.

2024... La date est bonne... Jour et mois, mais pas l'année.

On est en 2019, pas en 2024 !

Très vite, je réfléchis à hier soir et une image remonte à ma mémoire. Avant de dormir, j'ai bidouillé mon téléphone parce que les photos ne se redimensionnaient pas automatiquement. Je suis allé dans les paramètres, j'ai réglé le problème facilement, et tant que j'y étais, j'en ai profité pour modifier des trucs à droite à gauche. Il était minuit pile quand j'ai validé, je m'en souviens parfaitement parce que j'aime bien les heures doubles du genre 22 h 22 ou 23 h 23 !

Et si… Non… C'est impossible !

J'en tremble. J'en ai des suées, la transpiration me coule dans le dos. Voyons. Paramètres, Heure et Date, c'est ça...

Vendredi 8 mars 2024.

J'ai changé l'année. Et en avançant, j'ai changé ma vie. Cinq années m'échappent complètement.

D'un coup de doigt rapide, je ramène le compteur sur 2019. J'approche mon index du bouton Valider, et soudain je m'arrête... Revenir en 2019 ou pas ? Retrouver Clotilde et son chat qui fout des poils partout ? Clotilde oui évidemment, mais le chat… Je vais attendre un peu...

Passer une journée en 2024. Juste un jour. Voir tout ce qui a changé en cinq ans. Voir si la vie est plus facile, plus belle. Si le boulot d'inspecteur est comme je l'imaginais.

Voir si Lison, ma petite femme est si belle et si câline qu'elle semble le laisser croire dans ses messages.

Et puis ce soir, à minuit pile, je remettrai la roue sur 2019 et je validerai.   Ou pas...

[14]

En attendant, je décide de faire comme si.

De me lancer dans cette année 2024. Au moins d'y mettre un pied. Ce serait trop facile de revenir à ma vie précédente sans avoir goûté un peu à celle qui m'est proposée.

On vous proposerait de vivre votre vie, mais cinq ans plus tard, vous feriez quoi ? Qui refuserait une telle opportunité ? Juste pour voir, par curiosité ? Pour une journée ?

Devenir inspecteur sans avoir à passer le concours. Sans avoir à écrire un mémoire où vous pesez chaque mot, où vous imaginez de quelle façon il va être interprété. Sans avoir à être humilié devant un jury qui vous déshabille jusqu'à la moelle pour savoir si vous valez vraiment le coup, si vous êtes fait pour cette fonction, alors que bien souvent, ils savent si vous serez reçu avant même d'avoir lu la première ligne de la première page de votre mémoire. Dans ce genre de concours, les dés sont pipés, tout le monde le sait !

« Et s'il se passe ci, que faites-vous ? Et si un enseignant vous dit ça ? Dans votre mémoire, vous avez écrit que… pouvez-vous vous expliquer ? Pédagogiquement, vous vous situez comment ? »

J'avoue que j'y avais déjà plus ou moins pensé à ce poste d'inspecteur, mais en 2019, ce n'était pas vraiment mûr dans ma tête. L'idée commençait à m'effleurer, sans plus. Justement, c'est ce fameux concours que je trouvais insurmontable, inabordable. Je ne m'en sentais pas capable ou je ne savais pas si les autorités supérieures m'accorderaient leur quitus pour que j'accède à cette fonction. On ne devient pas Inspecteur de l'Éducation Nationale contre l'avis de la hiérarchie. Pourtant il me semble que j'ai dû réussir puisque j'en suis là ! Que faire ? Retourner dans mon CM1-CM2 avec mes élèves en difficulté ou devenir mon propre chef ? Mon supérieur hiérarchique ? Et celui de mes collègues ?

Et puis après tout, pourquoi pas … Je deviendrais inspecteur gratos !! J'aurais tort de me priver !

[15]

« Bonjour Monsieur l'Inspecteur.

Le directeur vient à ma rencontre dès qu'il m'aperçoit au bout du couloir. Un type dans la cinquantaine, moustachu et barbu, la calvitie déjà bien avancée et qui sent le tabac à deux mètres à la ronde.

Je marche vite, je prends un air important et préoccupé. Je fais comme je peux, comme j'ai vu. Je me souviens de mes modèles, des inspecteurs que j'ai vus défiler dans ma classe.

— Bonjour, vous allez bien ?

Je ne sais même pas comment il s'appelle. Première faute. Les directeurs aiment bien être reconnus, être appelés par leur nom.

— Très bien Monsieur l'Inspecteur.

— Je suis désolé, un problème urgent à régler avant de partir, j'ai fait au plus vite.

— Pas de soucis, Monsieur l'Inspecteur.

Visiblement je suis tombé sur un mielleux qui va me faire des Monsieur l'Inspecteur à toutes les fins de phrases. Moi qui ai horreur de ça. Je continue, plus léger :

— J'espère que Madame Lemarinier n'est pas trop inquiète, dis-je en souriant.

— Un peu sûrement, Monsieur l'Inspecteur, vous la connaissez !

— ......

— Je vous accompagne.

— Merci.

Avant d'aller plus loin, j'ai une pensée furtive pour les élèves de ma classe. Que vont-ils devenir aujourd'hui ? Hier, enfin, jeudi 7 mars 2019, je les avais laissés en leur promettant une évaluation de maths ce matin après la récré. Sur les fractions décimales. Y a-t-il quelqu'un en face d'eux ? Qui est leur instit ? Qui s'occupe de Mathis, mon petit dyslexique ?

— Monsieur l'inspecteur ?

— Oui, j'arrive.

[16]

Je frappe. Je n'attends pas la réponse, j'entre dans la classe, suivi du directeur. Les enfants se lèvent dans un silence glacial.

L'enseignante est face aux élèves, le vidéoprojecteur allumé affiche un texte assez long sur un écran blanc. Voilà donc Madame Lemariner. Elle doit avoir une petite quarantaine d'années, brune, les cheveux mi-longs, assez courte sur pattes comme on dit. Pour le jour de l'inspection, elle s'est mise sur son trente-et-un. Pantalon de lin, chemisier blanc sous un gilet rouge vif. Fortement maquillée, on sent bien qu'elle a fait un effort pour ma venue de ce matin. C'est là qu'on se rend compte de la pression qui pèse sur les épaules des enseignants les jours d'inspection. Même le plus hostile à l'administration fait un effort quand l'IEN vient dans sa classe. À plus forte raison une petite dame comme Sylvie Lemarinier. Au fond de la classe, je reconnais le Viking qui m'a appelé ce matin. Nicolas Machin, je ne me souviens déjà pas de son nom. Je n'ai pas eu le temps d'imprimer.

« Bonjour les enfants. Asseyez-vous, asseyez-vous !

Je me dirige vers la professeure des écoles et la salue aimablement.

— Monsieur l'Inspecteur, me glisse-t-elle timidement.

— Bonjour Madame. Continuez, continuez, je vais m'installer…

Je me dirige vers le fond de la classe. Nicolas Truc se lève et me tend la main. Une poignée de main ferme, comme je les aime. Je m'assieds à la petite table mise à ma disposition et m'installe en ayant l'air le plus sûr de moi possible, alors que je suis terrorisé. Je jette un œil rapide à la classe. Une bonne vingtaine de gamins, installés « en autobus », face au tableau. Visiblement sages. La première impression est importante. Au mur, des affichages tout neufs ! Intérieurement, ça me fait sourire. La pauvre Madame Lemarinier a dû passer son week-end à écrire, imprimer des progressions, à mettre à jour un classeur de préparation, à reprendre les corrections des cahiers, à composer des affiches bien souvent inutiles, mais qui donnent une impression de travail de titan. Je sais bien ce que c'est, je l'ai fait moi-même en décembre dernier, quand j'ai été inspecté !

[17]

J'ai enchaîné les deux inspections dans la matinée. J'avoue que j'ai fait comme j'ai pu. Parfois, j'ai vu les yeux des enseignants s'ouvrir comme des billes lorsque j'énonçais avec force des vérités certainement discutables, et qui, visiblement, n'allaient pas dans le sens des textes officiels en cours en 2024. Moi, je fais en fonction de ce que connaissais en 2019 en tant qu'enseignant. Je n'ai aucune idée de ce qui s'est passé en cinq ans. Entre sept heures et huit heures trente, je n'ai pas eu le temps de potasser les Instructions Officielles ! Et il y a certainement des priorités qui se sont déplacées, des focus que je ne connais pas. Les programmes et les instructions ministérielles changent tellement souvent en fonction des gouvernements et des ministres, chacun voulant laisser sa marque et son nom à une réforme évidemment essentielle.

Cependant, je pense que je m'en suis sorti plutôt pas trop mal. Comme quoi je pourrais certainement être un bon inspecteur ! Savoir parler des heures sur des choses qu'on ne connaît pas, se faire passer pour spécialiste dans des domaines qui vous sont inconnus, et surtout énoncer les choses avec force et persuasion, c'est absolument nécessaire pour ce genre de travail. Et puis j'ai quand même une vingtaine d'années d'enseignement derrière moi. Et j'adore ce métier. Pour rien au monde je n'aurais fait autre chose. Même sans diplôme et sans concours, je sais de quoi je parle. On peut être un bon enseignant, savoir parler de son métier et donner de bons conseils sans avoir obligatoirement le titre et l'approbation de l'administration qui va avec.

Je les quitte sur des mots de félicitation et d'encouragement. Les enseignants ont besoin de reconnaissance.

[18]

Le fameux Nicolas Loiseau est assez sympa. C'est mon conseiller pédagogique. Mon bras droit, si vous préférez. Visiblement, on s'entend bien. C'est étrange de découvrir, un peu à l'arraché, les comportements qu'on peut avoir avec les gens. Je veux dire, s'adapter aux attitudes qu'on a pu avoir dans le passé, surtout quand on ne connaît pas ledit passé ! Vu la teneur du texto de ce matin, j'ai compris qu'on se tutoyait. En même temps, c'est courant entre enseignants, mais dès qu'il y a une relation hiérarchique, les choses peuvent évoluer. J'ai connu certains collègues qui avaient banni le tutoiement dès que la moindre épaulette avait été accrochée à leur veston. Si si, je vous assure ! *« À partir d'aujourd'hui, je souhaiterais qu'on se vouvoie. »* Je vous promets que ça existe !

Pour mon retard de ce matin, j'ai fait dans le vague, genre « Rien d'important, je t'expliquerai. », puis j'ai enchaîné sur des banalités, histoire de pêcher quelques informations sur ma circonscription. Le nom du directeur de cette école par exemple. C'est tout bête, mais appeler quelqu'un par son nom, c'est essentiel, surtout quand on est censé être son patron. Dans le courant de la discussion, Nicolas m'a rappelé que je devais diriger une réunion de directeurs vendredi prochain. Dans une semaine.

Quarante-sept écoles, autant de directeurs que je ne connais pas, je sens que ça va être chaud.

[19]

En sortant de l'école, je reprends ma voiture, direction le bureau. Posé bien en évidence sur le devant du vide-poche, je découvre un trousseau de deux clés accrochées à un badge qui ouvre sûrement la barrière du parking de la Direction Académique. Je me présente, je bipe, la barrière se lève. Ai-je une place réservée ? Si oui, laquelle ? C'est étonnant comme des petits riens de tous les jours se transforment en véritables problèmes. Je me gare un peu au hasard, quitte à m'attirer les foudres de quelqu'un. On verra bien. Je trouverai toujours un moyen de m'en sortir.

La porte électrique glisse et je pénètre dans le hall. Où est mon bureau ? À quel étage ? Assise derrière une vitre, la préposée à l'accueil me lance un joyeux « Bonjour Monsieur Fromont, beau temps aujourd'hui hein ? » Je réponds par un sourire et par l'affirmative et m'arrête une seconde pour regarder, l'air de rien, le tableau des bureaux. « Circonscription Vallée de la Rouelle, troisième étage, portes 306 à 309. IEN : Benjamin Fromont : porte 308 ». Comme quoi ce fameux panneau est bien utile ! Et pas seulement aux visiteurs. C'est sûrement la première fois qu'un inspecteur le regarde pour connaître le numéro de son propre bureau. Direction l'ascenseur. J'appuie sur le 3. La cabine démarre. Je profite des quelques secondes qui me sont offertes pour jeter un coup d'œil dans la glace. J'ai quand même pris de sacrées rides en cinq ans. Deux grosses bien profondes sur le front, et des pattes d'oie autour des yeux. Et puis mes cheveux ont grisonné. Je ne sais pas depuis combien de temps je suis inspecteur, mais ça marque drôlement son homme.

Je n'ai qu'une hantise pour le moment, croiser du monde dans le couloir. Des gens que je suis censé connaître et que je ne connais pas. Je ne sais même pas quelle tête a le grand patron de la boîte. Objectif premier, rejoindre la porte 308 et m'enfermer dans mon bureau en espérant ne pas être dérangé.

[20]

Ouf. Je n'ai rencontré personne. C'était bien la clé du bureau sur le même trousseau que le badge. Tout va bien pour le moment.

Porte fermée, je m'enfonce dans un confortable fauteuil de cuir. J'ai le cœur qui cogne à vitesse grand V. Je jette un coup d'œil circulaire pour découvrir mon espace de travail. Des listes affichées sur les murs, un plan de la circonscription, une affichette humoristique, des numéros de téléphone. Dans un coin, une cafetière avec des tasses et du sucre. Sur mon bureau, des dossiers ouverts, des feuilles noircies de mon écriture et un mug sale. Toujours pas mon mug fétiche d'ailleurs, il n'est pas là non plus !

Premièrement, me faire un café. C'est l'urgence absolue. Je l'ai bien mérité !

Je soulève les papiers posés en désordre sur le bureau. Si je reste là, il va bien falloir que je me mette sérieusement au boulot, mais j'ai un énorme handicap : je ne connais rien à tout cela. Je suis un instit de base. Même pas directeur. Alors, inspecteur encore moins.

Même l'ordinateur me pose problème. Quel est mon mot de passe de connexion pour relever ma boîte mail ? Et puis d'abord, est-ce que ce courrier va m'intéresser ? Certainement des contenus que je ne saurai pas traiter. Comme tout le reste !

Je n'ai qu'une hâte maintenant : rentrer chez moi, retrouver Lison ma nouvelle jolie petite femme dont je ne sais rien. Là encore, la situation risque d'être un poil tendue. Je ne l'ai vue que deux ou trois fois, et maintenant, nous sommes mariés et vivons sous le même toit. Mais c'est différent des soucis de travail. J'ai l'impression que cette découverte sera plus simple à gérer.

Quoique... je vais peut-être avoir des surprises !

[21]

« Benjamin ! Qu'est-ce qui te prend ? On dirait que tu viens de voir une apparition !

Lison rit aux éclats. Après avoir retiré ses chaussures, elle accroche son manteau à la patère près de la porte d'entrée et s'approche de moi, assis dans le canapé du salon.

— Tu es rentré de bonne heure ce soir, ajoute-t-elle en s'approchant de moi. Ça c'est une bonne surprise !

Je suis comme un couillon, certainement la bouche ouverte à la regarder avancer. Impossible de dire un mot, de prononcer la moindre syllabe.

Bon sang ce qu'elle est belle ! Je n'en reviens pas. Déjà que sur les photos, je la trouvais sublime, en vrai, je ne vous raconte même pas. Des cheveux noirs coupés très courts, une petite frange toute simple sur un joli front barré d'une unique ride très fine. Un visage lumineux aux yeux d'un marron très foncé. Une belle peau bien halée (peut-être un reste de notre séjour au ski, qui sait ?). Des dents de perle sur des lèvres appétissantes à souhait.

Nom d'un chien, quand je pense que je l'avais à peine regardée quand j'allais chercher Clotilde à la danse.

Elle passe ses bras autour de mon cou et m'embrasse sur le front.

— Bonjour mon amour, chuchote-t-elle avant de m'embrasser à nouveau.

— Bonjour ma chérie. »

[22]

« *Ma chérie* ? fait-elle en me regardant dans les yeux. Il y a une éternité que tu ne m'as pas appelée *Ma Chérie*.

Première parole, première boulette. Je savais bien qu'il allait falloir faire gaffe, mais je ne pensais pas que j'allais me planter aussi vite.

Elle s'assoit à côté de moi et pose sa tête sur mon épaule gauche.

— Mais j'aime bien tu sais, dit-elle. Juste que ça fait longtemps.

Elle me sourit. Je fonds.

— Alors, aucune école pour te séquestrer cet après-midi ?

— Non, j'étais au bureau, c'était plutôt calme, je suis rentré plus vite pour te retrouver rapidement et qu'on passe une bonne soirée tous les deux.

— Comment s'est passée ton inspection ce matin ?

— Bien, sans aucun problème. Mais on arrête de parler boulot, tu veux bien ?

Et pour confirmer cette volonté, je l'enveloppe de mon bras gauche et l'embrasse sur les lèvres.

Je pose la main droite sur son sein. Comme un ado. Je suis comme un ado qui prend une jeune fille par la taille pour la première fois. J'attends sa réaction ! Comme si j'allais prendre une claque ou me faire rembarrer.

Pas de réaction, sinon qu'elle ferme les yeux.

Après tout, on est mariés. Je dois pouvoir effleurer un sein de ma femme sans risquer la correctionnelle !

[23]

Lison a été étonnée que je veuille me coucher si tôt ! J'avais hâte de me retrouver au lit avec elle. L'amour avec Lison, c'était la toute première fois pour moi, alors qu'elle, elle me connaissait depuis déjà plusieurs années ! C'est dingue ce décalage ! Et cette première nuit a été plutôt réussie. Je ne vais pas vous faire un dessin, je ne vais pas vous décrire par le détail les préliminaires, le pendant et l'après, mais à mon avis, je me suis bien démerdé. Et je dois avouer qu'elle aussi. Pour faire l'amour, il faut être deux. Et franchement, la petite nana que je n'avais même pas repérée depuis ma bagnole devant la salle polyvalente a de sacrés talents cachés. Et j'ai bien fait d'avancer de cinq ans.

Mes scrupules se sont vite envolés. Clotilde était bien dans ma tête, mais Lison a été convaincante et j'avoue que j'ai cédé assez vite !

Autrement, question blabla, j'ai fait hyper-attention. En fait, on ne s'en rend pas compte, mais quand on fait un bond en avant dans sa vie et qu'en plus, on a changé de femme, tout pose problème. Je ne sais même pas ce qu'elle fait de ses journées. Si elle a des frères et des sœurs, si ses parents sont encore vivants, si elle préfère le bleu ou le jaune, le vin blanc ou le rouge, quelle musique elle écoute, ce qu'elle prend au petit déjeuner ! Est-elle végétarienne, végan, est-ce qu'elle préfère le poulet ou la viande rouge ? Rien, je ne sais rien. Que dalle. Alors, je lance des perches au hasard et je la laisse parler. Je rebondis sur ce qu'elle dit, mais en étant extrêmement prudent.

C'est usant !

[24]

J'aime le samedi matin. C'est déjà le week-end et ce n'est pas encore le moment où on pense à la reprise du lundi. Une espèce de no man's land du temps où j'ai l'habitude de laisser le boulot en suspens.

Une demi-journée où j'aime profiter de tout.

Je resterais bien au lit, à continuer ce que nous avons fait hier soir, mais Lison a d'autres intentions. Dommage !

« Va te doucher mon cœur, me dit-elle, je prépare le petit déj. Ensuite, on ira au marché si tu veux bien.

— Bonne idée, ça nous fera un peu d'exercice.

— Oui, surtout à toi, ça ne te fera pas de mal, dit-elle en effleurant mon ventre au passage.

Allez Bing… J'aurais grossi ? Je le prends bien ? Oui, pour cette fois, mais il ne faudrait pas qu'elle prenne l'habitude de me faire des réflexions comme ça !

C'est elle qui prépare le petit déj… Bonne initiative ! Comme je ne sais pas si elle prend du thé, du café ou du chocolat, la laisser faire me paraît une bonne solution. Avant, c'est-à-dire en 2019, je prenais du thé au lait avec du pain grillé confiture, mais mes goûts se sont peut-être modifiés à son contact ! Qui sait ?

Je reste un long moment sous la douche. En fait, le gel douche Coquelicot n'est pas si désagréable ! Juste un peu inattendu. J'ai aussi découvert un flacon de gel « Lilas ». Décidément, elle est très fleur pour la douche ! Je passe dans la chambre pour m'habiller. Tiens, il est à moi ce pantalon ? Jamais vu. Je dégote également un T-shirt bleu marine avec l'inscription « Comme un poisson dans l'eau » au-dessus d'un poisson stylisé. Sympa !

Face à elle, je déguste mon café noir pain beurre salé. Elle me sourit en trempant sa biscotte dans sa tasse de thé au lait.

Et nous voilà partis au marché. Main dans la main dans les rues de la ville, mon petit panier en osier sous le bras.

Comme de nouveaux amoureux que nous sommes. Ou pas.

[25]

Il fait beau en ce début de mars. Dans les jardins, les jonquilles et les narcisses sont déjà sortis. Quelques tulipes pointent timidement leurs couleurs qui annoncent la fin de l'hiver. Il y a cinq ans, début mars était pourri, je m'en souviens bien. Côté météo, j'y ai plutôt gagné !

Nous marchons d'un bon pas en direction du marché de la place Gambetta. C'est un marché que je ne connais que de nom. Clotilde n'aimait pas l'ambiance des commerçants ambulants. Elle préférait les étals bien hygiéniques des grandes surfaces. Elle avait une sorte de hantise de la bactérie. C'est pourquoi je n'ai que peu fréquenté les marchés. Je ne suis donc jamais venu ici, ou peut-être juste une fois, mais je n'en ai pas gardé un grand souvenir.

Au croisement de la rue François-Mitterrand et du Boulevard Gabin, Lison lâche soudain ma main et s'engouffre dans le bar tabac « Le Cyclo d'or ».

« Tu fais quoi ? demandé-je.

— Ben le loto, comme toutes les semaines, tu sais bien. Tu perds la boule ?

Je n'ose pas la moindre réponse qui pourrait me mettre dans l'embarras. Je note cependant la plaisanterie qui la fait sourire.

Lison s'approche du bar. Visiblement c'est une habituée. Ou plutôt, comme je vais vite m'en rendre compte, nous sommes des habitués.

— Pas de bonne heure ce matin les Fromont, s'exclame le patron en déposant deux cafés sur le comptoir. Au passage, il claque deux bises sur les joues de Lison et me tend la main.

— Salut Monsieur l'Inspecteur. Salut ma belle. Tirage spécial aujourd'hui les amoureux, ajoute-t-il. La super cagnotte du printemps.

— Le 7, le 15, le 24, le 38 et le 41 avec le 10, me demande Lison. Comme d'habitude ?

— Evidemment, comme d'habitude ! »

Je ne vais pas dire le contraire !

[26]

Une fois le café avalé et le bulletin de loto validé, nous déambulons tranquillement dans les allées du marché Gambetta. Pour cette première fois pour moi, je la joue petit bras, comme on dit. Je laisse Lison prendre les initiatives pour effectuer les achats. Pas question pour moi de souhaiter acheter quelque chose que je n'aime pas ou qu'elle ne supporte pas. Ce matin, par exemple, j'apprends que je mange très peu de viande et pas mal de poisson. Il y a cinq ans c'était l'inverse. D'ailleurs hier (je ne rêve pas, c'était bien hier), nous avons mangé un reste de bourguignon avec des pâtes et je n'ai pas craché sur la viande, j'aime autant vous le dire !

Depuis hier matin que je suis là, en 2024, j'ai appris à donner l'impression que je suis au courant de tout alors que je vais de découverte en découverte.

Mais j'apprends vite et je retiens.

Dans les rues, 2024 ne me semble pas très différent de ce que j'ai laissé cinq ans auparavant. Les voitures n'ont pas vraiment changé, je remarque néanmoins des modèles que je ne connaissais pas et je me rends compte que le nombre de véhicules électriques est bien plus important. Je ne connaissais pas ça ! La circulation n'a pas vraiment diminué, comme quoi l'interdiction progressive des autos dans les villes n'a pas modifié grand-chose. Beaucoup plus de deux roues en revanche. Electriques pour la plupart. Par contre, les trottinettes ont quasiment disparu. Visiblement, ça a été juste une mode, un feu de paille qui n'a pas duré. Et c'est tant mieux ! Des gens de quarante ans sur des trottinettes, j'ai toujours trouvé ça ridicule. Et enfin, je découvre les skates électriques. Pas mieux ! Ça ne va pas durer non plus !

Pour ce qui est des usagers du marché, je ne remarque rien de différent, si ce n'est que tout le monde a son téléphone à la main. Car on l'utilise pour payer.

Il n'y a quasiment plus d'argent liquide.

[27]

La journée se déroule ensuite tranquillement, comme un samedi ordinaire avec Clotilde. De ce côté-là, les habitudes semblent ne pas avoir changé. Un petit repas sympa face à face dans la cuisine bleue (je vais m'y habituer), une petite sieste câline, même pas coquine, mais plutôt tendre, un peu de lecture sur le canapé, un peu de télé, une petite sortie dans le jardin, mais pas trop. Je pense au boulot. J'ai quand même une réunion difficile à préparer. Il serait peut-être temps que je m'y mette ! D'ailleurs, je n'ai pas encore mis le nez dans mon ordi. Je vais peut-être y découvrir des choses intéressantes.

En fin d'après-midi, je décide de m'isoler un peu pour faire un petit point.

« Lison, il serait peut-être temps que je me mette à bosser, j'ai des rapports à relire et ma réunion de vendredi à finir de préparer.

— D'accord, travaille bien, je vais en profiter pour aller voir Pauline.

J'ai compris dans la matinée que Pauline était notre voisine et que son mari et elle s'entendaient très bien avec nous. Visiblement, les Lambert qui habitaient là en 2019 ne sont plus nos voisins. Que sont-ils devenus ? Encore un mystère !

— Tu as raison, profite. Embrasse-la pour moi !

— Oui, mais pas trop quand même », me charrie-t-elle gentiment.

Une fois seul, je m'installe dans le grand fauteuil noir devant l'ordinateur, et appuie sur le bouton de mise en marche.

Le disque dur ronronne.

J'ai gardé le même mot de passe. J'ai hâte de me plonger dans ma vie.

[28]

Ma vie ? Je commence à en douter.

Je parcours les répertoires.

Mes Documents.

Ce sont surtout des dossiers de travail. Je retrouve mon mémoire de concours d'IEN, des compte-rendus de lectures de bouquins pédagogiques (je me suis avalé ces bouquins ? Quelle horreur !), des fiches de travail, des brouillons de rapports d'inspections, des préparations de réunions, des tableaux Excel de ma circonscription. Rien de perso. Que du boulot ! À croire que ma vie privée a été avalée par ma vie professionnelle.

Mes images.

En dehors de quelques photos de mes parents et de mon frère Julien, je ne reconnais pratiquement rien ni personne. Ni les lieux qui ne correspondent pas à ceux que j'ai visités récemment, ni les personnes que je n'ai jamais vues pour la plupart.

Je repense à Clotilde. J'ai « bricolé » mon téléphone en 2019. Je devrais donc la trouver dans les photos antérieures à cette année. Je cherche, je fouille. Les répertoires de photos commencent en mai 2020. Où sont les autres ? Je consulte les paramètres de l'ordi. C'est bien la même machine qu'il y a cinq ans, mais il a dû y avoir un crash de disque dur, car je ne retrouve rien de ma vie d'avant.

Je suis bien le mari de Lison, je n'ai plus aucun doute maintenant, mais je ne la connais pas, ou si peu.

Et une question m'obsède : Où est Clotilde ?

[29]

« On mange vite fait pour être prêts pour la soirée, me dit-elle en mettant le couvert.

— La soirée ? Mais quoi de particulier ?

— Enfin, Benjamin, on est samedi !

— Oui. Et alors ?

— Game of Thrones enfin ! Deux épisodes ce soir !

— Ah oui, je suis con !

— Enfin, où as-tu la tête aujourd'hui ? Fin de la saison 11 ! J'ai trop hâte !

— J'avais oublié qu'on était samedi.

Je m'en tire comme je peux…

Saison 11 ? Mince, moi qui attendais impatiemment la sortie de la 8, je vais avoir un sacré trou dans l'histoire ! Pourvu qu'il reste des personnages que je connais ! C'est Clotilde et ses amis qui m'avaient fait connaître cette série et on était devenus un peu accro. Saison 11, je n'en reviens pas !

Repas vite avalé. Un peu de charcuterie, une salade, un bout de fromage et des oranges maltaises achetées au marché ce matin. C'est encore la saison pour une petite semaine.

— Mets la télé, me dit-elle, qu'on regarde le tirage du loto !

La télé ronronne dans le salon. Nous finissons de ranger la cuisine. Bientôt Thirion s'il est encore vivant ! C'est mon préféré.

Lison monte se brosser les dents, c'est une habitude après chaque repas. Je jette un coup d'œil au loto à la télé.

— Lison ?

— Oui ?

— On a deux bons numéros !

— Super ! Cinq euros ! C'est la fête !»

[30]

Fin de la saison 11. Encore une fois, ça a l'air terminé mais les principaux personnages sont toujours en vie, certains morts précédemment sont même revenus et le dénouement de ce douzième épisode ressemble bien à un tremplin vers une saison 12 ! Ça ne finira donc jamais ?

Vers 23h30, nous nous décidons à aller nous coucher. Nous sommes tous deux fatigués de notre journée, de notre semaine. D'un commun accord, nous repoussons le câlin à demain matin.

À peine couchée, Lison m'embrasse dans le cou, se colle contre mon dos et s'endort rapidement.

Et moi je cogite…

Pourquoi, en cinq ans, ai-je tout perdu de ma vie précédente ? Où sont tous les textes que j'avais écrits ces dernières années ? Que sont devenus mes amis ? Pourquoi n'ai-je plus aucune photo de personne ?

Et Clotilde ? Plus de traces de notre vie passée, de notre mariage, de nos amis, de sa famille ? Comme si je l'avais rêvée ? Impossible !

Toutes ces questions se bousculent dans ma tête. Il y a quelque chose qui ne colle pas dans cette affaire. Déjà mon transfert cinq ans en avant est incompréhensible, hors de la vie « normale », mais en plus, la disparition de toutes traces de mon ancien moi me déstabilise complètement.

Et ce passage d'une date à une autre fonctionne-t-il dans les deux sens ? Pourrai-je revenir à 2019 ?

[31]

Je me sens bien avec Lison. Mais sans plus. Je n'ai pas de réel coup de foudre. En fait, moi, je ne suis là que depuis hier, mais elle, elle vit avec moi depuis plusieurs années. J'ai parfois un peu de mal à réaliser tout ça. Elle est toute neuve pour moi, je la découvre minute après minute, alors qu'elle, elle me connaît par cœur. Parfois, ça dépasse l'entendement.

Clotilde me manque. Je l'aime. C'est avec elle que j'ai construit ma vie, sur l'autre ligne du temps, parallèle à celle-ci.

J'ai bien envie de tester le retour en arrière. Mais pas le retour complet pour le moment. Je me dis qu'avant de tenter le retour en 2019, je me contenterais bien d'un petit essai, histoire de voir si ça fonctionne.

Lison dort à poings fermés. Je regarde l'heure affichée là-haut en rouge sur le plafond. Il est minuit moins le quart. Dans un quart d'heure, il sera minuit. Comme la nuit dernière quand j'ai modifié mon téléphone. Et si, tout simplement, je revenais à ce samedi que je viens de vivre ? Juste vingt-quatre heures, histoire de me confirmer que je n'ai pas rêvé, pour vérifier que je peux bien me balader dans le temps. Pourquoi à minuit pile ? Parce que c'est l'heure à laquelle ça a fonctionné hier. Je suis superstitieux, je crois en la pensée magique. Minuit pile c'est minuit pile. Pas une minute de plus !

Je me retourne et embrasse Lison à la base du cou. Je me saisis de mon téléphone à 23 h 58.

Un glissé vers le haut.

Paramètres. Date et heure.

J'affiche Samedi 9 Mars 2024.

J'attends minuit pile. Il faut être précis. À la seconde près.

Les secondes défilent. J'ai l'impression que la dernière minute dure deux heures !

À 23h59 59, je valide. J'ai juste le temps de voir 00h00.

Je ne m'éternise pas. Je repose mon téléphone. Et je ferme les yeux.

[32]

J'ouvre les yeux. Je sens des seins tout chauds contre mon dos. J'adore être réveillé comme ça ! Je regarde l'heure au plafond : 9h10.

« Allez, paresseux, debout ! Non mais tu as vu l'heure ?

Lison me retourne comme une crêpe, m'embrasse, passe au-dessus de moi et sort du lit. En trois enjambées, elle est dans la salle de bains.

— Benjamin, m'appelle-t-elle, je file à la douche tout de suite. Tu peux préparer le petit déj s'il te plaît mon Amour ? J'aimerais bien qu'on aille au marché ce matin. Je voudrais reprendre des œufs, comme la semaine dernière.

Marché ? Samedi. Il ne m'aura pas fallu longtemps pour avoir ma réponse.

— Tout de suite. Je m'en occupe, profite de ta douche.

— Tu es un amour !

— Je sais ! Et on passera faire un loto au Cyclo ?

— Bien sûr comme toutes les semaines !

— Tu sais quoi ? Je changerais bien les numéros cette semaine !

— Comme tu veux, je m'en fiche. Ceux-là ne fonctionnent pas, tu as raison, on n'a qu'à changer ! »

Pas de doutes, je prends mon téléphone pour vérifier, mais j'ai déjà la réponse. Samedi 9 Mars 2024. La machine fonctionne dans les deux sens.

Et je me souviens de ce que j'ai vécu.

Je passe vite fait mon pantalon et mon T-shirt bleu marine avec un poisson et descends préparer nos deux déjeuners : un café noir pain grillé beurre salé pour moi et un thé au lait biscottes pour Lison.

« *Un jour sans fin* », ça vous dit quelque chose ? La journée de la marmotte, un jour vécu et sans cesse recommencé ! J'ai l'impression d'être dans le film !

[33]

Il fait beau en ce début de mars. Dans les jardins, les jonquilles et les narcisses sont déjà sortis. Quelques tulipes pointent timidement leurs couleurs qui annoncent la fin de l'hiver.

Lison me donne la main, j'ai un panier d'osier dans l'autre main. Nous marchons d'un bon pas en direction de la place Gambetta. C'est un marché que je connais juste un peu. J'y suis déjà allé hier – ou ce matin – et je comprends pourquoi nous sommes censés y aller depuis des années, il est plutôt sympa.

Au croisement de la rue François-Mitterrand et du Boulevard Gabin, je lâche soudain la main de ma nouvelle femme et je m'engouffre dans le bar tabac « Le Cyclo d'or »

En nous voyant entrer, le patron saisit deux cafés déjà prêts sous le percolateur. Il en fait toujours à l'avance les jours de marché.

— Pas de bonne heure ce matin les Fromont, s'exclame le patron en déposant deux cafés sur le comptoir. Au passage, il claque deux bises sur les joues de Lison et me tend la main.

— Salut Monsieur l'Inspecteur. Salut ma belle.

Je ne le laisse pas parler

— Super cagnotte du printemps il me semble, dis-je en lui faisant un clin d'œil.

— Exact mon prince. C'est pour aujourd'hui le gros lot ?

— On verra !

Mince, je n'ai pas vu le tirage complet. Je sais qu'on avait le 38 et le 41. J'ai vu le 42 et le 27, mais je ne me souviens ni du cinquième, ni du numéro de la chance… Allez, le 12 et le 7 en chance. On verra bien !

[34]

Le bulletin a été validé sans que Lison ne trouve quoique ce soit à redire. Elle savait que j'allais changer les numéros et m'a laissé faire. Etonnant comme on peut changer sa vie avec de toutes petites choses ! Reste à savoir si le tirage sera bien le même !

Nous faisons les courses tranquillement. Je me permets aujourd'hui de proposer des choses qu'elle a commandées hier. C'est tellement plus facile quand on sait ! Ça évite de faire ou de dire des bêtises. Je modifie quand même quelques bricoles. Le fenouil, par exemple, je ne suis pas vraiment fan. En deux secondes de discussion, je réussis à lui faire prendre un chou-fleur à la place ! Et puis un morceau d'andouille à la charcuterie. Elle a eu l'air surprise, mais c'est passé !

Au détour d'une allée, nous croisons Pauline, notre nouvelle voisine qui remplace les Lambert. Elle me fait quatre bises et me relance en riant sur une plaisanterie que j'ai dû faire la dernière fois que nous nous sommes vus. Comme j'ignore de quoi il s'agit, je souris bêtement et je réponds à côté. Elle semble gênée que je sois là. Elle a sûrement des choses à dire à Lison hors de ma présence. Des petits secrets de fille. Alerte, alerte, il faut filer d'urgence ! Je les laisse papoter quelques minutes.

J'en profite pour aller acheter un bouquet de tulipes jaunes à Lison. Je m'en suis voulu hier de ne pas avoir pensé à lui acheter des fleurs.

Evidemment, comme chaque citoyen de 2024, je paie avec mon téléphone !

[35]

La journée se déroule ensuite tranquillement, comme un samedi ordinaire, du moins comme ceux que j'ai connus avant de venir ici. Un petit repas sympa face à face dans la cuisine bleue (le chou-fleur est décidément meilleur que le fenouil à l'eau !), une petite sieste coquine, trois chapitres de lecture sur le canapé (le livre que j'ai trouvé sur ma table de nuit, heureusement, je l'avais déjà lu « avant »), un peu de sport à la télé, pas de jardin aujourd'hui, j'ai trop la flemme.

En fin d'après-midi, je décide de m'isoler un peu pour faire un petit point. Il y a quelques bricoles que je n'ai pas vérifiées.

« Lison chérie, je vais travailler un peu dans le bureau, j'ai des rapports à relire et ma réunion de vendredi à préparer.

— D'accord, travaille bien !

— Tu fais quoi ?

— Je ne sais pas trop, j'avais l'intention d'aller voir Pauline, mais on s'est vues au marché ce matin. Je vais aller faire un tour dans le jardin, il fait beau, je vais commencer à désherber un peu et nettoyer le parterre de narcisses.

— Bonne idée ! Bon courage !

— À toi aussi !

Elle m'embrasse et file au jardin en passant par le garage.

Une fois seul, je m'installe dans le grand fauteuil noir devant l'ordinateur, et appuie sur le bouton de mise en marche.

Le disque dur ronronne.

Je tape mon mot de passe.

Démarrage – Firefox – Facebook.

[36]

Inutile de vérifier les photos et les documents, j'ai déjà regardé *hier* et je sais que je ne trouverai rien. Autant gagner du temps !

Le compte Facebook de Clotilde, par contre, je ne l'ai pas vérifié, et je sais qu'elle y était très attachée. Elle avait toujours le nez fourré dans son téléphone ou sur la tablette en train de regarder son mur et celui des copines.

Visiblement, j'ai un compte. Mot de passe enregistré, je n'ai pas de soucis à me faire de ce côté-là ! Mon mur est peu fourni. Forcément, quand on est Inspecteur de l'Education Nationale, on se doit d'avoir de la retenue, une sorte de réserve. Mon administration verrait sûrement d'un mauvais œil que je prenne parti politiquement ou que je raconte des histoires plus ou moins convenables. Peu de photos également. Il faut se méfier des détournements possibles, je suppose. Mon dernier post date d'il y a une vingtaine de jours. Je n'écris rien, je me contente de regarder.

J'ai 278 amis. Je passe un peu de temps à scruter ça en détail. Honnêtement, je ne connais pas grand monde ! Je retrouve quand même deux cousines et un cousin, mon frère Julien et sa femme Zoé qui affichent fièrement des photos de leur petit Léo ! Il va falloir que j'aille faire la connaissance de mon neveu un de ces jours quand même !

Autrement, quelques têtes qui me disent vaguement quelque chose, mais rien ne retient mon attention. Mes meilleurs copains ont disparu.

Et surtout, pas de Clotilde… Ni dans mes contacts, ni dans ceux de Julien.

Rien, nulle part. Elle s'est volatilisée.

[37]

Je saute sur mon téléphone.

Ça sonne… trois fois, quatre fois…

Elle décroche.

« Maman ? C'est Ben !

— Bonjour mon grand ! Comment vas-tu ?

— Très bien Maman, très bien, un peu fatigué par ma semaine de boulot, comme d'habitude.

— Oh, ne te plains pas ! Quand tu auras notre âge, tu verras ce que c'est que d'être fatigué !

— Je sais, je sais ! Tu vas bien ?

— Oh moi oui, pas de soucis, petit train-train habituel. Les beaux jours arrivent. On va pouvoir ressortir un peu, reprendre les randos. Le club va bientôt reprendre. Avec les beaux jours, la santé revient toujours. Et le moral avec.

— Et Papa ?

— Ça va mieux, mais il a été sacrément secoué tu sais. C'est gentil d'appeler pour prendre de ses nouvelles, mais tu vois, là, il est sorti chercher le pain. Il est parti à pied, ça lui fait du bien. Rappelle-le dans une demi-heure, ça lui fera plaisir !

Je ne sais pas pourquoi mais je suis soulagé. En cinq ans, il peut se passer tant de choses ! Il va mieux ? Ça veut donc dire qu'il a été malade. Bizarrement, je n'ose pas demander à Maman ce qu'il a eu, je suis censé le savoir quand même !

Après un bon quart d'heure de conversation, Maman termine :

— Tant que j'y suis, Benjamin, j'ai eu Julien au téléphone hier soir. Il se plaint de ne pas avoir de tes nouvelles. Lison et toi devriez y passer. Le petit Léo te réclame. »

Il me réclame ? Mais je ne l'ai jamais vu !

[38]

Lison est revenue un peu tard du jardin où elle a remis en place le grand parterre, arraché les mauvaises herbes de l'hiver et planté quelques fleurs de début de printemps achetées au marché ce matin. C'est peut-être un peu tôt, mais on a eu un petit coup de cœur en les voyant. On verra bien ce que ça donnera !

Elle passe près de moi et m'embrasse sur le nez.

« Je me sens sale, je vais prendre une petite douche. On se fait un plateau télé ce soir ?

— Si tu veux, je vais préparer pendant ta douche. Qu'est-ce qui te ferait plaisir ?

— Oh, des croque-monsieur. Tu veux ? Avec une salade, ça coulera tout seul !

— Pas de soucis, Madame, je m'y mets. Game of Thrones ce soir, tu te souviens Lison ?

— Oui oui, bien sûr ! On va voir si Thirion a grandi !

— Ah ah, maligne, va ! Allez, file à la douche. Je m'occupe de tout.

Histoire de ne pas rater le début de la série, j'allume la télé. Je ne sais pas pourquoi, je pense à Drucker. Est-il toujours à l'antenne ? Après cinq ans, ce serait marrant que je tombe sur lui en allumant. Quel âge ça lui fait maintenant ? Je l'ai toujours connu, Drucker. C'est comme la reine d'Angleterre qui va sur ses quatre-vingt-dix-huit ans et qui règne toujours sur le Royaume Uni ! Increvable !! Il paraît que le Prince Charles est mort l'an dernier sans jamais avoir été roi d'Angleterre ! Le Poulidor de la couronne !

La pub se termine. Ça, ça n'a pas changé !

Je reconnais le générique : Le tirage du loto.

C'est la première fois que je regarde en connaissant le résultat d'avance. À moins qu'un événement inattendu ait modifié le tirage. Mais non, mon retour d'un jour peut influencer ma petite vie et celle de Lison, mais pas la face du monde.

— Lison ? Devine… On en a quatre au loto !!!

— Non ? Super ! Tu as bien fait de changer quelques numéros !

— Cinq cents euros, au moins !!!

— Sors une bouteille, on va fêter ça ! »

Si j'avais su, j'aurais fait plus attention et on aurait eu la totale !!! On verra, la prochaine fois !

[39]

Voilà déjà une semaine que je suis arrivé en 2024 ! Une semaine plutôt agitée, c'est peu de le dire. Passer ses journées à rencontrer des gens qu'on ne connaît pas pour parler de projets qui me sont inconnus, c'est une sacrée épreuve, et j'ai dû beaucoup travailler tôt le matin et tard le soir. Animer une réunion devant quarante-sept directeurs qui vous connaissent mais que vous n'avez jamais vus, c'est une prouesse que je ne souhaite à personne. J'en ai encore des sueurs rien que d'y penser.

« Monsieur l'Inspecteur, en septembre, vous aviez dit que… et maintenant, vous dites que… »

J'avais dit ça en septembre, moi ? Possible, je n'en sais rien, je n'étais pas là !!!

Mais ce n'est pas le plus difficile. Après la phase de découverte de Lison le week-end dernier et l'emballement qui en a résulté, vient une phase de doute. Parce que quand même, je ne la connais pas. D'accord elle est jolie, d'accord elle est agréable à vivre. C'est vrai qu'on ne s'engueule pas, qu'on ne se prend pas la tête pour des conneries, mais dans ma tête, ce n'est pas ma femme.

Même si on s'entend super bien au lit, même si elle est, comment dire, plus inventive que Clotilde dans nos moments intimes, elle n'est pas la femme que j'aime. Je l'appelle *ma chérie* parce que j'en ai pris l'habitude rapidement et que ça lui plaît bien, et que comme tous les hommes, j'aime faire plaisir aux femmes.

Mais ma femme à moi, mon amour, celle avec qui j'ai bâti ma vie et celle avec qui je souhaite la continuer, c'est Clotilde, et pas Lison.

Et je ne sais pas ce qu'elle est devenue, et ça m'inquiète énormément.

Demain, nous sommes invités chez Julien et Zoé. J'en saurai peut-être un peu plus !

[40]

Se faire accueillir par un petit loup de trois ans qui vous court dans les bras en criant « Tonton Ben, j'suis trop content ! » et qui vous couvre de bisous alors que vous ne l'avez jamais vu, je vous assure que ça fait un drôle d'effet. C'est pourtant ce qui se passe lorsque Lison et moi franchissons la porte de chez Julien et Zoé. Une vraie tornade ce gamin !

Mon frère porte la barbe maintenant. Une jolie barbe un peu poivre et sel. Evidemment, je ne joue pas l'étonné puisque je suis censé le savoir, même s'il a pris cinq ans en une semaine ! Il a aussi pris un peu de ventre. Il reste cependant un quadragénaire très acceptable !

Quant à Zoé, la voilà en Maman épanouie. Elle est très à l'écoute du petit Léo, peut-être un peu trop à mon goût, mais bon, moi je n'ai pas d'enfant et je ne sais pas ce que je ferais si j'étais Papa d'un petit gars comme ça. C'est toujours facile de critiquer ou de donner des conseils quand il s'agit des enfants des autres. Pour moi, le problème ne se pose pas et ne se posera pas ! Comme ça, c'est réglé.

« C'est toi qui me liras l'histoire tout à l'heure pour la sieste, tonton Ben ?

— Si tu veux, bien sûr !

— Tu me liras la même que l'autre fois, hein ? la même ?

Quelle histoire ? Comment m'en sortir. Hop, je m'adapte :

— Bien sûr ! Tu me donneras le livre et je te la lirai. Deux fois !

— Super ! »

Léo me fait la fête, me montre ses jouets, me parle, me chante ses dernières chansons apprises à l'école, me tire par la main pour m'entraîner dans sa chambre, ce qui fait beaucoup rire Lison qui reste discuter avec Zoé. Visiblement, elles s'entendent bien et ont l'air très complices.

C'est Julien qui a cuisiné. C'était déjà le cas il y a cinq ans. Un filet mignon à la moutarde avec des courgettes coupées en petits dés. Il en avait déjà fait en 2019. Il n'a pas changé de recette en cinq ans !

[41]

Un bon repas qui se termine par une tarte au citron meringuée, œuvre de Lison qui l'a préparée ce matin avant de venir. Un véritable régal !

Léo est couché. Mon histoire a fait mouche, il s'est endormi comme une masse.

« Il n'y a que toi qui arrives à l'endormir aussi vite, me dit Zoé. Je ne sais pas comment tu fais.

— La classe, la classe du tonton, que veux-tu que je te dise ?

Zoé éclate de rire.

— Arrête ta frime cow-boy, dit-elle.

Puis, s'adressant à nous deux, elle ajoute :

— J'ai un truc à montrer à Lison, vous vous occupez du rangement de la cuisine les gars ?

— On veut bien essayer, répond Julien en souriant.

Je me retrouve seul avec mon frère, c'est le moment que j'attendais depuis un bon moment.

J'invente une histoire pour tenter de le faire parler :

— Tiens, hier, j'ai reçu un message d'une certaine Clotilde Barré. Elle me dit qu'on se connaît depuis qu'on est gamins. Elle m'a dit qu'elle te connaissait aussi !

Julien me regard d'un air interrogatif.

— Clotilde comment tu dis ?

— Barré. Elle m'a parlé de toi. Visiblement, elle a l'air de bien te connaître.

— Non, ça ne me dit rien du tout. Elle est comment ?

— Je ne sais pas, j'ai cherché son profil sur Facebook, Mais je n'ai rien trouvé.

— Je crois bien que je ne connais aucune Clotilde. Qu'elle soit barrée ou pas !

Julien rigole de sa propre blague. Quant à moi, je suis atterré. Décidément, Clotilde n'est nulle part.

Si. Dans ma mémoire. C'est bien le seul endroit où on peut la trouver !

[42]

La route est courte, pourtant elle me paraît si longue… Vingt kilomètres à peine entre chez Julien et chez nous. Lison parle, parle, parle. J'ai remarqué ça cette semaine déjà. En voiture, elle n'arrête pas de causer. J'en perds ma concentration parfois !

« Elle est un peu gaga avec son gamin Zoé, tu ne trouves pas Ben ?

— Non, pas plus que d'habitude. Elle a toujours été un peu excentrique, Zoé. Du moins depuis que je la connais.

— C'est vrai, tu te souviens la première fois qu'on l'a vue ? Julien et elle venaient juste de se rencontrer. Ton père n'en revenait pas. Ta mère et lui trouvaient qu'ils n'allaient pas du tout ensemble. Et pourtant, ça fait six ans maintenant qu'ils sont mariés !

— Six ans ? Déjà, ? Ça file ! Je ne vois pas le temps passer, ça va à une vitesse.

— Ben oui, ajoute-t-elle. On venait juste de fêter nos deux années de vie commune tous les deux.

La surprise me fait faire un écart sur la route. Je donne un coup de frein pour rétablir la situation. Lison s'accroche à sa ceinture.

— Qu'est-ce qu'il t'a pris ? Ça ne va pas ?

— J'étais dans la lune, excuse-moi. J'ai peut-être un peu bu chez Julien. Son pinard était excellent. »

Huit ans ? Huit années qu'on vit ensemble ? Mais il y a huit ans, j'étais déjà avec Clotilde. On était même déjà mariés ! Et depuis un bon bout de temps !

[43]

Lison s'est endormie comme une souche. Et moi je ne dors pas.

Le retour à la maison s'est mal passé tout à l'heure. Je me suis fait engueuler comme jamais. C'est parti du coup de volant que j'ai donné quand elle m'a appris qu'on était ensemble depuis huit ans. Ça m'a fait un tel choc ! Mais évidemment, je ne pouvais pas lui dire. J'ai redit que j'avais trop bu (ce qui était un peu vrai quand même). Elle m'a donc reproché de la mettre en danger, de ne pas faire attention à elle. J'aurais dû lui laisser le volant, m'a-t-elle martelé jusqu'à la maison.

« Tu es inconscient, tu aurais pu nous tuer, mais tu t'en fous, c'est toujours comme ça ! Déjà l'an dernier, en revenant de chez Jacky, tu as failli louper un virage. Tu ne tiens pas l'alcool et en plus tu persistes à vouloir conduire quand tu as trop bu. Déjà que tu ne peux pas agrandir la famille alors tâche de ne pas la diminuer, si possible. Merci !»

Et voilà. Inévitablement, c'est revenu sur le fait que je ne pouvais pas avoir d'enfant. Visiblement, on a déjà dû en parler beaucoup. J'ai changé de métier, j'ai changé de femme, mais à ce que je comprends, ça, ça n'a pas changé. J'ai appris à vingt ans que j'étais stérile. C'est une anomalie de naissance. Azoospermie. Pas de petites bêtes pour fertiliser les dames. Point barre, on ne peut rien y changer. Clotilde le savait aussi et ne m'en a jamais fait le reproche. Vu sa réaction, Lison le prend beaucoup plus mal !

Jamais Clotilde ne m'a assailli d'autant de reproches. Lison hurlait. J'encaissais. Je ne sais pas me défendre quand on m'attaque de pleine face comme ça. J'ai fini par quitter la maison en claquant la porte. Je n'ai pas fait une croix sur cinq ans de ma vie pour me faire engueuler par une femme que je connais depuis une semaine !

Et ce soir, nous dormons à l'hôtel du cul tourné !

[44]

Quand je ne dors pas, je réfléchis. Je refais ma vie.

Et ce soir, au lieu de chercher à renouer les fils avec Lison, je pense à Clotilde, à ma Clo.

Avec Clo, il y a vingt-trois ans qu'on se connaît. Vingt-huit maintenant si je compte les cinq années ajoutées à ma vie. On s'est connus dans un camp de vacances en Ardèche en août 86. Son père était ingénieur chimiste. Il était sous-directeur d'une usine d'engrais. Ils habitaient dans les environs d'Evreux à l'époque. On s'est beaucoup écrit, on a passé de nouvelles vacances ensemble. Et puis à dix-huit ans, comme on était bien ensemble, on a décidé d'aller à la même fac. Rapidement, elle est devenue ma petite amie, puis ma compagne. Nous avons emménagé ensemble dans notre premier appartement en septembre 2000. Tout rond. J'avais vingt-deux ans et elle vingt et un. Nous nous sommes mariés en juillet 2006. Et depuis, je ne dirais pas que c'est le paradis tous les jours, mais nous formons un couple qui fonctionne bien, comme on dit. Sauf le chat ! Mais là, je fais une concession ! C'est ma grosse concession !

J'essaie de vivre correctement avec Lison, mais toutes mes pensées vont vers Clotilde. Qu'est-elle devenue ? Quel mystère entoure sa disparition ? Est-elle décédée ? M'a-t-elle quitté pour un autre, puis fait disparaître ses traces pour que je ne la retrouve pas ? Dans ce cas, pourquoi Julien jure-t-il de ne pas la connaître ? Est-ce une sorte de complot ?

J'ai mal à la tête. Je n'arrive pas à dormir. Clotilde me manque.

[45]

J'ai très peu dormi la nuit dernière. Tout se bouscule dans ma tête. Inspection à l'école des Fauvettes ce matin. La pauvre Madame Voisin n'a pas eu de chance. Je l'ai démolie. Moi qui ai la réputation d'être un inspecteur plutôt cool (à ce qu'on m'a dit), je ne lui ai rien laissé passer. Progressions, répartitions, préparations, j'ai tout épluché, tout critiqué. La pauvre a terminé l'entretien en larmes. Je me sens mal d'avoir fait ça. Je me suis vengé sur elle, alors qu'elle n'y était évidemment pour rien.

Cet après-midi, je suis tout seul dans mon bureau.

« Quand tu as un choix à faire, me disait ma mère, prends une feuille de papier, divise-la en deux, écris le pour d'un côté, le contre de l'autre. Prends le temps d'écrire, ne te contente pas de penser. »

Je prends donc une feuille et je tire un trait vertical. En haut de la colonne de gauche, j'écris « Rester en 2024 », en haut de la colonne de droite : « Retourner en 2019 ». Il faudra que je pense à détruire cette feuille quand j'aurai fini. Si quelqu'un tombe dessus, il pourra se poser des questions !

Tout y passe : Clotilde bien sûr, Lison évidemment, mais aussi mes copains, mes parents, mon frère, mon métier, Léo, l'école, le volley.

Avant de commencer, j'avais déjà une idée de ce que je voulais. Le test des deux colonnes n'a fait que confirmer cette décision.

[46]

Comme un gamin qui part en colo, je fais mes bagages. Je commence par rédiger le rapport d'inspection de Madame Voisin, dans lequel je lui fais tous les compliments que je ne lui ai pas faits ce matin. Elle risque de ne pas comprendre et de penser que ce que j'écris n'est pas en cohérence avec ce que j'ai dit. Allez, ce n'est pas grave, ce n'est pas la première fois que ça arrive et souvent, c'est dans l'autre sens ! Alors, ce sera une belle surprise pour elle, et tant mieux…

Je passe ensuite beaucoup de temps sur le net pour bien m'imprégner de ce qui s'est passé entre 2019 et 2024, histoire de briller en société, si besoin ! Je connais tous les champions de France de foot, le gagnant de la coupe du monde 2022, les gagnants de Roland-Garros et la remontée spectaculaire de l'Equipe de France dans le tournoi des six nations. Voilà pour ce qui est du sport.

Beaucoup moins rigolo, je vérifie l'état de la planète, la hausse de la pollution malgré tous les appels venus du monde entier, l'horreur de l'invasion du plastique, la fonte du dernier glacier en 2023, les catastrophes climatiques, le laisser-aller des gouvernements qui, comme d'habitude nous saoulent de belles paroles mais ne font rien de ce qu'ils promettent. Le dernier G7 (redevenu G8) en est un bel exemple. Quelle fumisterie !

Je réalise que la violence et la connerie n'ont hélas pas disparu de notre planète et que c'est toujours le fric qui la dirige.

Et puis je connais le nom du président de la République élu en 2022, le nom du président des Etats-Unis. Vous savez, vous, qui a remplacé Poutine ? Et qui dirige la Chine ?

Vous risquez d'avoir des surprises, croyez-moi !

[47]

En fin de journée, je reprends ma voiture et je rentre chez moi. Je roule tout doucement pour bien voir ma ville et tous ses changements récents avant de revenir dans la vie que j'ai quittée il n'y a pas si longtemps. Car vous l'avez deviné, la colonne « Retour en 2019 » l'a emporté, et largement même !

Me revoilà à mon domicile, dans ma maison, celle de ma grand-mère, dont j'ai hérité à sa mort. Ça heureusement, ça n'a pas changé au fil de mes voyages. Et j'en suis heureux.

Je vais quitter Lison pour retrouver Clotilde. Retrouver la femme de ma vie, celle qui a disparu je ne sais pas pourquoi. Et puis même si on doit se quitter, se séparer et que je doive refaire ma vie avec Lison, j'aimerais bien savoir pourquoi. Savoir si elle m'a trompé ou si c'est moi qui suis parti. Et j'aimerais bien comprendre pourquoi je suis avec Lison depuis huit ans alors que j'étais déjà marié avec Clotilde.

Je ressens ce que doit ressentir quelqu'un qui a perdu un proche dont on n'a pas retrouvé le corps, dans une avalanche ou un crash d'avion. Je me sens incapable de « faire mon deuil de Clotilde ». Comprendre, voilà le maître-mot qui me permettra d'avancer.

Et puis nous avons mis des années à bâtir notre vie avec Clotilde. Nous avons tout construit nous-mêmes, avec nos incertitudes, nos doutes, nos erreurs, nos engueulades, nos déceptions, mais aussi avec nos fous rires, notre complicité et notre amour de tous les jours.

Lison, elle m'est tombée dessus, si j'ose dire, un matin au réveil. Je n'ai rien fait pour la mériter. Elle est belle, elle est souriante, elle fait bien l'amour, mais elle n'est pas ma femme. Celle que j'ai choisie.

[48]

Le dernier baiser,
On l'ignore encore
Pourtant c'était le dernier baiser
Le dernier accord
Sur une guitare brisée
Le point d'orgue
Au milieu d'un chef d'œuvre inachevé. (Serge Lama, le dernier baiser))

Voilà Serge Lama qui remonte en ma mémoire.

J'essaie d'être le plus naturel possible, et pourtant je goûte chacun des instants que je vis sachant que c'est le dernier. Comme un condamné à mort qui marche à son supplice et qui regarde une dernière fois autour de lui.

Le dernier pas, le dernier regard, le dernier son, le dernier battement de cil, le dernier souffle.

Lison ne sait pas que cette soirée est une longue série de « derniers ». Moi, je le sais.

Le dernier repas, la dernière promenade, la dernière soirée télé, le dernier coucher, peut-être le dernier câlin, le dernier sourire, le dernier « Bonne nuit ».

Et enfin… le dernier baiser.

Quel sera son lendemain à elle ? Que va-t-elle trouver demain matin à son réveil ? Je ne sais pas.

Moi, je quitte tout cela en sachant où je vais, qui je vais retrouver, qui je vais être à nouveau. Elle, n'a aucune idée de ce qui l'attend. Ce sera peut-être mieux. Différent en tout cas.

Moi, je repars d'où je viens. Je quitte cette maison pour m'y réveiller à nouveau demain matin. C'est une étrange sensation.

Je me couche, je l'embrasse, je règle mon téléphone, le repose sur la table de nuit.

J'éteins la lumière.

Et je ferme les yeux.

[49]

La lumière du lampadaire filtre à travers les rideaux. Un coup d'œil rapide sur le radio-réveil. Il est sept heures et demie. Il fait encore nuit. Les infos démarrent. Comme tous les matins.

« France Inter, nous sommes le 8 mars 2019, le rappel des titres, Nicolas Demorand. »

C'est bon de retrouver ses marques. D'entendre à nouveau Nicolas Demorand et Léa Salamé le matin au réveil, même si habituellement soit j'éteins soit je laisse en bruit de fond pour continuer à dormir doucement.

Dans la pâle lumière de mars, je jette un rapide coup d'œil à la chambre. Une housse de couette que je connais, une armoire qui m'est familière. Sur la chaise, je reconnais mon pantalon, celui que j'ai acheté au début de l'hiver lorsque les coutures de mon vieux jean avaient lâché.

À la radio, les journalistes parlent du nouvel acte des Gilets jaunes. Le président Macron, Castaner, Philippe… je n'imaginais pas à quel point ça allait me faire plaisir d'entendre à nouveau parler de ces gens qui avaient complètement disparu du paysage politique en 2024.

Tout un tas de petits indices qui m'indiquent que le voyage de retour s'est bien déroulé.

Clotilde n'est pas là. C'est vrai qu'elle est du matin !

Je file direct à la douche. Je m'arrête un instant devant le miroir. Ah. C'est bon de rajeunir en une nuit. Je retrouve les traits que je connaissais. Mais pas ma cicatrice. Le doute m'assaille aussitôt.

J'entre dans la cabine. Et je le vois immédiatement.

Le gel douche coquelicot…

[50]

La douche est rapide. J'ai une impression bizarre. Ce fichu gel au coquelicot est un indice qui ne présage rien de bon. À tel point que je ne chante pas dans la douche. Ce qui n'arrive que lorsque je suis stressé.

Je me sèche vite. La serviette à mon prénom est bien là, à sa place. Je repasse par la chambre et m'habille avec les fringues posées sur la chaise de paille.

Je descends l'escalier et pousse à la volée la porte de la cuisine.

Elle est bleue.

La table est ronde, il y a une étagère au-dessus de l'évier et le frigo est acier, et pas blanc.

Je regarde mon téléphone. 8 mars 2019. 7 h 45. C'est bon, il ne devrait pas y avoir de soucis.

Normalement.

Non… ça ne va pas recommencer ! Pitié, j'ai déjà donné.

Un peu assommé, je m'assieds sur une chaise, face à la table (ronde). Je regarde la cuisine. Celle que j'ai connue en 2024 et qui n'était pas la mienne. Je reviens en 2019. Tout semble identique et pourtant…

Là-bas, près de la plaque à induction, sur le plan de travail, j'aperçois un petit papier. Je me lève.

Un petit mot ? Je reconnais cette écriture !

« Je suis naze. Je rentre vers 17 heures. Si je dors, ne me réveille pas stp. Dans le frigo, il y a une boîte pour toi. Pour ce midi. À ce soir. Je t'embrasse fort. Je t'aime.

[51]

Lison…

Je me rassois d'un bloc sur la chaise toujours tirée devant la table, le petit mot à la main. Je connais cette écriture. Evidemment, c'est celle de Lison. Lison que j'ai quittée hier soir en 2024 pour retrouver Clotilde, la femme de ma vie.

Mais c'est quoi ce cirque ? On remet la balle au centre et on recommence le bordel ?

Elle est où la vie que j'ai quittée et qui me plaisait ? Elle n'était pas parfaite, mais c'était ma vie. Je fais un saut bien involontaire dans le futur, je reviens à la même place et tout a changé ! Je regarde la cuisine. Pas de caisse du chat. Si Clotilde avait été là, il y aurait eu la gamelle du greffier. Je sors mon téléphone. Pas de Clotilde, rien que des photos de Lison et de sa famille. Mon frère, mes parents, Zoé, tout est bien en place. Mais toujours pas de Clotilde.

J'ai faim, j'ai soif, je prépare un café dans la cafetière qui n'est pas la mienne. J'ouvre le placard pour prendre un mug et je la vois.

Ma tasse fétiche.

Elle est moche parce qu'elle est vieille et que ça fait des années que je bois dedans. Ma tasse à moi, faite en camp de vacances. En 86 je crois. Avec les trois signatures : la mienne, celle de Clotilde et celle de Julien. Je suis tellement heureux de la retrouver. Voilà, je n'ai pas rêvé.

Je la monte au niveau de mes yeux pour mieux la regarder.

Elle ne porte que deux signatures : celle de Julien et la mienne

[52]

C'était à la mi-août 1986. Nous étions partis, mes parents, mon frère et moi dans une pension de famille près d'Aubenas, dans l'Ardèche. C'était un genre de Club Med privé avec pas mal d'activités sportives. On pouvait faire du cheval, du kayak, de la marche, de la rando, du cyclotourisme ou aller nager. J'avais huit ans et Julien onze.

Sur place, mes parents avaient fait la connaissance de Monsieur et Madame Barré, venus également passer quelques jours dans le Sud. Ils habitaient Evreux. Monsieur Barré fabriquait des engrais dans une usine de chimie qu'il dirigeait. Madame Barré, ma future belle-mère, était ouvrière testeuse dans une usine de téléphones. Son job consistait à tester les nouveaux appareils sans fil. Attention, pas les smartphones ! Pas encore. Non… Les téléphones fixes mais sans fil. C'était le tout début ! Une vraie révolution !

Très vite, je suis devenu copain avec Clotilde, leur fille unique. Elle avait un an de moins que moi, était un peu garçon manqué, n'avait pas peur de courir, de sauter et nageait déjà très bien. Une championne à côté de moi qui ne faisais que barbotter. Nous passions toutes nos journées ensemble.

À la fin du séjour, les « monos » nous avaient proposé de fabriquer un petit passage de notre souvenir ici. Peinture sur céramique. Sur des tasses blanches, style mugs, nous devions dessiner ou écrire quelque chose, ce que nous voulions. Aidés par la monitrice, Julien, Clotilde et moi avions fait chacun un dessin. Puis nous avions inscrit nos trois signatures. Et en bas de la tasse : Vogüé 22 août 1986. Cuisson pendant la nuit, nous avions récupéré nos mugs le lendemain matin, avant de partir.

[53]

Je regarde l'heure. 8 h10. Au fait, je fais quoi comme métier ? Je suis toujours inspecteur ou je suis resté prof des écoles ? Si j'ai gardé ma femme de 2024, j'ai peut-être aussi mon métier de 2024…

Je file dans le bureau. Deux ordis, une imprimante. Sur ma table, tout un tas de livres scolaires et un cahier journal ouvert. Je le prends, je le regarde. Groupe scolaire Bernard-Clavel. Classe de CM1-CM2. Je suis dans la même école, avec le même double-niveau. Un coup d'œil rapide sur le cahier de notes me permet de vérifier les identités de mes élèves. C'est bien la classe que j'avais quittée lors de mon premier voyage, sur ma première ligne du temps. Ma décision est prise, il faut faire comme d'habitude, ne pas arriver en retard et faire classe. Il sera temps ce soir de faire le point. Je n'ai rien préparé, mais ce n'est pas grave, j'ai suffisamment d'expérience pour faire cours au pied levé. Français, maths, un peu d'histoire, du sport, une poésie et son illustration et la journée sera bouclée.

Rapidement, je remplis mon cartable des cahiers et livres retrouvés, je mets mon manteau bleu, celui avec l'écusson sur la manche gauche (c'est bien le même) et je sors de la maison.

On est vendredi, si ça n'a pas changé, je suis de service de cour à 8h45.

[54]

C'est étonnant comme on reprend vite ses marques. Je m'attendais à trouver beaucoup de modifications à mon retour en 2019. Un peu comme le retour de l'enfant prodigue ! En fait, rien du tout. Personne ne s'est aperçu de rien. J'ai toujours les mêmes collègues, les mêmes enfants dans ma classe. Les bons ne sont pas devenus mauvais, les pénibles ne sont pas devenus sages par un coup de baguette magique. J'ai retrouvé mon écriture sur le tableau, des paquets de copies non corrigées, mon pot de mayonnaise dans le frigo de la salle des maîtres, ma tasse « Meilleur instit du monde » pour prendre mon café.

Je viens de voyager de 2019 à 2024 aller et retour, et personne ne s'aperçoit de rien, tout le monde s'en fout !

À la récré, avec mon collègue Didier, on a parlé foot, rugby, j'ai expliqué que la déroute de l'équipe de France dans le tournoi n'était pas définitive et qu'elle allait rebondir. J'ai même cité le nom d'un avant qui pour l'instant commence à peine sa carrière mais qui sera bientôt un pilier reconnu et redouté des équipes de l'hémisphère sud. Il m'a regardé avec un air ahuri. Joueur inconnu au bataillon. Il verra bien en 2024 !

Visiblement, rien n'a changé depuis mon départ dans la nuit du 7 au 8 mars 2019.

Ah si ! J'ai juste changé d'épouse !

[55]

Durant tout le trajet de retour depuis l'école, je me suis demandé comment j'allais me comporter pour mon retour à la maison. Pendant la journée de classe, les enfants ne m'ont pas vraiment laissé le loisir de penser à autre chose, mais au fur et à mesure que la journée avançait, le moment du retour se faisait de plus en plus proche.

Il y a une voiture que je ne connais pas devant l'entrée du garage, je suppose que c'est celle de Lison.

Doucement, je pousse la porte d'entrée. Aucun bruit, la maison est calme. Une paire de chaussures noires déposées négligemment près du paillasson. Elles ont dû être retirées rapidement. Sans bruit, je pose mon cartable dans l'entrée du bureau et j'entre dans la cuisine. Une boîte en verre trempe dans l'évier. Elle n'était pas là ce matin. Sûrement « la gamelle » pour le déjeuner de Lison.

J'espère qu'elle fait toujours le même travail. En 2024, elle était aide-soignante dans une maison de retraite. (Tiens, ça me fait drôle d'employer un temps passé pour une date future !)

Je grimpe l'escalier doucement. Comment vais-je la découvrir ? Ça me fait une impression bizarre de rencontrer quelqu'un plus jeune qu'on ne l'a connue. Un peu comme un film qui se déroule à l'envers.

La lumière est éteinte, le rideau tiré. Elle dort.

[56]

Je m'approche silencieusement, sur la pointe des pieds. La housse de couette se soulève et s'abaisse au rythme de sa respiration. Une drôle d'odeur flotte dans la pièce. Certainement celle qu'elle ramène de son travail. Je la reconnais, c'est la même que dans cinq ans. J'ai donc la certitude qu'elle n'a pas changé de boulot.

Je m'assois sur le lit. Elle bouge. Elle se retourne.

« Bonjour toi, me dit-elle. As-tu passé une bonne journée ?

C'est elle qui démarre la conversation. Je ne savais pas quelle allait être ma première phrase. Ce « bonjour toi » m'enlève une sacrée épine du pied.

— Une journée normale, avec mes gamins habituels et mes collègues de tous les jours.

Elle sourit. Je me penche et l'embrasse sur le front. Je n'ai pas envie de l'embrasser sur les lèvres. C'est Clotilde que je voulais embrasser ce soir. Elle s'assoit dans le lit et me prend dans ses bras.

— C'est le week-end, me dit-elle. On va bien en profiter. Il devrait faire beau.

Je tente le coup, histoire d'alimenter la conversation :

— Oui, on pourrait aller au marché Gambetta demain.

— Gambetta, tu dis ? Ça ne me dit rien. Comment tu connais ça toi ?

— C'est Christelle qui m'en a parlé à l'école. Elle y va tous les samedis.

— Je connais le marché Saint-Jean, le dimanche, mais Gambetta… Mais pourquoi pas ? J'aime bien l'ambiance des marchés. Et on commence à retrouver quelques légumes de printemps.

— Super !

— En attendant, tu te souviens qu'on mange chez les Lambert ce soir ?

Première nouvelle…

— Oui bien sûr ! »

[57]

Ces voyages bizarres sont vraiment exceptionnels ! Ils me font vivre des moments inattendus. Parce que les Lambert, je les connais bien. Clémentine et Antoine. Ils sont arrivés ici peut-être trois ans après nous. Ils ont pris la place d'un couple de personnes âgées parties vivre chez leurs enfants en région parisienne.

Mais je les connais avec Clotilde !

Comme « dans cinq ans », je ne connais rien de ma vie avec Lison. Je suis obligé d'improviser, de naviguer sur la vague de l'incertitude.

Je sais qu'avec Antoine, on a passé des soirées mémorables, pas mal alcoolisées, et que les filles riaient bien et étaient de bonnes copines.

Nous arrivons vers 19h30. J'ai pris une bouteille de vin dans le garage en passant. Pas de soucis avec eux, puisqu'ils habitent la maison à côté.

Je me souviens parfaitement de leur maison. C'est exactement la même que celle que j'ai connue avec Clotilde. Tout est en place, jusqu'au moindre objet décoratif.

C'est Antoine qui a préparé le repas. Un couscous, comme sa Maman lui a appris à le faire. Un véritable régal, avec des légumes pas trop cuits et des côtelettes d'agneau comme je les aime.

L'ambiance est excellente, j'allais dire, comme d'habitude. Je passe toujours de bonnes soirées avec Clem et Antoine. Lison explique que le week-end est le bienvenu parce qu'elle ne travaille pas.

« Un week-end par mois, c'est quand même pas beaucoup, annonce-t-elle. On va bien en profiter, je vous jure. Pour commencer, Benjamin m'a proposé d'aller au marché Gambetta demain matin. Je ne connais pas, mais je suis sûre que ça va me plaire. J'adore les marchés.

Puis Lison et Antoine glissent sur une conversation politique. Fonction publique contre privé. Avec Clotilde c'était pareil. Antoine adore provoquer et chercher la bagarre. Il est bien resté le même !

Soudain, Clémentine se lève, attrape deux plats et me regarde.

« Benjamin, tu peux venir me donner un petit coup de main dans la cuisine s'il te plaît ? »

[58]

Elle dépose violemment les plats dans l'évier, puis se retourne et me fait face.

« C'est quoi ce cirque ? Tu peux m'expliquer Ben ?

Clémentine me saute littéralement dessus, m'attrape par les manches. Je reste interloqué, je ne dis pas un mot.

— Depuis dix jours, on se demande comment on peut faire pour se voir, on se met d'accord pour aller courir demain matin au parc et passer un moment dans l'appart de Bérénice. On met un temps fou à mettre ça en place, et j'apprends ce soir que tu as décidé d'aller au marché avec Lison. Tu te fous de moi Benjamin ou quoi ?

— Mais c'est elle qui a insisté.

Désemparé, je charge Lison.

— Elle, elle dit que c'est toi qui as proposé. Mais je m'en fous. Débrouille-toi. Trouve une excuse. Moi, je n'en peux plus de te voir dans les coins de porte, derrière le mur du garage. Ça ne me suffit pas ces petits baisers à la sauvette. J'ai besoin de te voir plus longtemps, de te regarder, de t'embrasser, de te faire l'amour, de savoir qu'on est bien ensemble. Et ta promesse de la quitter, elle est où ? Envolée au marché, sûrement ?

Alors ça, je ne l'avais pas vu venir. Clémentine est ma maîtresse. C'est vrai que du temps de Clotilde, il m'arrivait de regarder autre chose que ses beaux yeux et de me dire que j'aimerais bien avoir une petite aventure avec elle, mais je n'avais jamais franchi le pas. Là, visiblement, je n'ai pas fait que la regarder !

Je ne m'y attendais vraiment pas. Je joue le mec penaud.

— Je suis désolé, excuse-moi. J'arrange ça, promis.

— Oh oui, s'il te plaît. »

Clémentine passe les bras autour de mon cou et m'embrasse sur les lèvres. Je lui rends son baiser.

[59]

La soirée se déroule ensuite sans encombre.

Ou presque.

Moi qui n'ai jamais trompé Clotilde, je me surprends à être en éveil, à faire attention à tout. Je scrute les regards de Lison, je fais attention à ses réflexions.

Je me rends compte que Clémentine me fait du pied sous la table. Je le retire aussitôt pour que mon épouse légitime ne se doute de rien ! Ni son mari à elle d'ailleurs ! Je n'ai aucune envie de me faire piquer pour rien, pour une relation que je n'ai pas eue. Mais comment expliquer ça ? Aucune des deux ne me croirait si je racontais ce que je sais, à savoir que je ne suis ni le mari de l'une ni l'amant de l'autre. Et pourtant, toutes les apparences sont contre moi. …

C'est quand même un comble. De quoi écrire un vaudeville. J'arrive dans ma maison où une autre femme que la mienne vit avec moi, et je me rends compte le jour où j'arrive que ma voisine est ma maîtresse. Du Guitry ou du Feydeau !

Vers une heure, nous prenons congé et rentrons chez nous. Facile quand c'est juste la porte à côté. Lison semble avoir un peu trop bu. Je pense qu'elle va s'endormir comme une masse.

En quittant la maison des Lambert, Clémentine me fait signe avec ses doigts. Huit heures.

Message bien reçu, je vais essayer de m'arranger pour faire le marché et le footing. De toute façon, je n'ai pas le choix.

[60]

Je me suis levé en douce, Lison dormait encore. J'ai laissé un petit mot disant que j'étais parti acheter des croissants pour le petit déj. Moi qui suis un piètre menteur, j'essaie de faire au mieux.

Clémentine est déjà dehors, en tenue de sport. Elle démarre dès qu'elle me voit sortir de la maison, au petit trot. Je cours, je cours derrière elle. Et je rame aussi, c'est le cas de le dire.

Au début, nous courons en silence pour quitter les abords de la maison, nous éloigner du quartier, histoire de ne pas croiser trop de connaissances.

Puis, brusquement, Clémentine s'arrête et me saute littéralement dessus. J'étouffe sous ses baisers. Une fougue, je n'ai jamais vu ça. Puis elle me noie sous les questions, pourquoi mon silence et pourquoi je fais semblant de l'ignorer, pourquoi elle m'a attendu jeudi soir derrière la maison et que je ne suis pas venu. Je trouve des excuses à la noix. Il me faut improviser une réponse plausible à chaque nouvelle question.

Puis elle m'entraîne sous le porche d'un immeuble et approche une clé magnétique. Nous entrons, montons deux étages et nous arrivons dans l'appartement de Bérénice.

Une fois sur le lit, elle recommence à me poser des questions. Je réponds par des baisers. Je ne sais plus quoi répliquer. Au bout d'un moment, mon imagination a des limites. Après tout, puisque je suis là pour ça !

Après l'amour, étendue en travers du lit, Clémentine me lance soudain :

« J'ai un mauvais présentiment. Je crois qu'Antoine se doute de quelque chose. »

[61]

Lison découvre le marché de la place Gambetta. C'est pourtant assez près de chez nous et nous y partons à pied, il faut dire que le beau temps s'y prête vraiment bien. Je suis certain qu'elle va aimer, puisqu'en 2024, c'est devenu le rendez-vous incontournable du samedi matin.

Comme il y a cinq ans, les tulipes et les jonquilles… vous connaissez la chanson !

Cette fois-ci, et contrairement à la fois précédente, il faut que je fasse attention à ne pas montrer que je connais déjà puisque je ne suis pas censé y être déjà venu. Ça commence à me fatiguer de marcher sur des œufs en permanence. Evidemment, je reconnais des commerçants que j'ai déjà vus en 2024. Ils ont cinq ans de moins, comme moi, mais ce sont bien les mêmes traits. Et puis ils ont les mêmes tics verbaux, les mêmes mimiques. Je ne les ai vus que deux fois précédemment, mais il y a des trucs qui marquent, des sourires qui restent, des expressions qu'on retient.

Au coin de la rue Jean-Gabin et de la rue Mitterrand ? Il y a le Cyclo d'or. Evidemment. Nous passons devant, tout simplement. Lison n'y jette même pas un regard. Les habitudes viendront plus tard certainement !

Tout en marchant, je ne peux m'empêcher de penser à Clotilde, je n'arrive pas à comprendre ce qui m'arrive. Ni pourquoi elle n'est pas dans ma vie ce 9 mars 2019, alors qu'elle y était le 8.

Et je revois la tasse dans laquelle je prends mon petit déjeuner chaque matin. Je suis bien certain qu'elle avait trois signatures. Je me souviens parfaitement du jour où nous avons signé les trois tasses de la même façon.

Les trois tasses ? Oui, il y en avait trois. Une pour Clotilde, une pour moi et… une pour Julien. Je pense qu'il a toujours la sienne !

[62]

Un coup de fil a suffi. Et la gentillesse de Zoé. Sans hésiter, elle nous a invités pour le goûter.

Nous partons de la maison vers seize heures. Achat d'une brioche au passage et nous voilà chez eux. Julien est en train de tondre lorsque nous arrivons. Première tonte de l'année. Je vais le rejoindre dans le jardin pendant que les filles discutent dans le salon. Pas question de parler de Léo évidemment, puisqu'il n'est pas né ! Pour le moment, je suis le seul à connaître sa future existence. Quoique… rien ne me dit que dans cinq ans, les choses se passeront comme je les ai vues. J'aurais tendance à me méfier maintenant !

Revenus dans la cuisine, j'invente une histoire pour parler de ma tasse, je raconte que j'ai failli la casser pendant que Lison était dans la douche (c'est pour ça qu'elle n'a rien vu… je commence à être expert en mensonges !).

« Mais si, tu sais bien, la tasse qu'on a faite à Vogüé en 86, tu te souviens ?

— Ah oui répond Julien. Pendant les vacances, avec les parents ?

— Voilà, c'est ça ! Tu as encore la tienne ?

— Oh oui, elle doit être dans ce placard, tout au fond. Il y a une éternité que je ne l'ai pas vue.

— Tu peux vérifier ? J'aimerais bien la voir.

— Pourquoi donc ?

— Comme ça, pour voir si elle ressemble à la mienne. J'y pense depuis quelques jours. Sans raison apparente.

Julien se penche dans le placard du bas, tout au fond et fouille.

— La voilà ! Tu vois que je l'ai toujours ! Je ne perds rien. »

Je la prends en main, je la regarde.

Elle comporte deux signatures. La sienne et la mienne.

Je vais devenir fou.

[63]

Une fois la surprise passée, j'entame la conversation.

« Tiens, deux signatures ? Dans mon souvenir, elle en avait trois.

— Pourquoi trois ? On n'était que tous les deux dans ce groupe. Il devait y avoir quelques groupes de trois, tu as raison, mais nous, on n'était que tous les deux.

— J'avais l'impression qu'on était avec Clotilde.

Je balance son nom comme ça, directement.

— Clotilde, ça ne me dit rien, non.

— Mais si, une petite brune, elle habitait Evreux je crois. Elle était fille unique ! Et elle faisait du cheval comme personne !

Le visage de Julien s'illumine.

— Ah ! Clotilde ! La petite chieuse ? Celle qui était toujours fourrée derrière toi ?

— Voilà. Quoique chieuse, j'en ai pas ce souvenir.

— Ah si, elle était pénible. Mais bon, j'étais plus grand et puis c'est toi qui te la traînais tout le temps ! Barré, elle s'appelait Barré, je me souviens maintenant, ajoute-t-il. Elle l'était complètement, barrée d'ailleurs.

Il rit de sa blague, comme dans cinq ans !!!

Je suis heureux de voir que la mémoire lui revient. Clotilde existerait donc ?

Je reprends.

— Elle n'était pas avec nous pour la tasse ? Je suis certain à cent pour cent qu'elle était avec nous.

— Non. Ils étaient partis le matin même je me souviens. La mère de Clotilde avait été malade pendant la nuit. Avec des crevettes je crois. Ils ont préféré rentrer un jour plus tôt. »

Tout le reste, je me souvenais, mais les crevettes non… Pour moi, elle était là pour décorer la tasse.

[64]

Zoé et Lison ont voulu aller faire un tour dans le quartier. Julien et moi restons dans le salon, une bière à la main.

Je reprends la conversation abandonnée tout à l'heure.

« Tu vois, Julien, depuis quelques jours, je ne sais pas pourquoi, mais je repense à ces vacances de 86. Certainement à cause de cette tasse que j'ai failli casser.

— Moi, j'en ai de bons souvenirs aussi, on avait bien rigolé quand même.

— Ouais, et les parents étaient plus jeunes et plus alertes que maintenant. Papa et Maman couraient tous les matins. Footing quotidien avant le petit déj.

— Carrément. Attends, ne bouge pas, j'ai peut-être un truc dans le grenier. Genre surprise… Tiens, reprends une bière si tu veux, je reviens.

Et Julien disparaît dans l'escalier, grimpant les marches deux par deux.

Quelques minutes plus tard, mon frère revient dans le salon un album à la main.

— Tiens, regarde, c'est l'album de 86. Tu te souviens ? Quand j'étais ado, je faisais un livre par an avec les photos les plus importantes de l'année. Papa me les donnait et je les collais dans des cahiers. C'était avant les photos numériques !

Mon anniversaire, le réveillon du premier janvier, la fête des mères, notre voyage en Bretagne pendant les vacances de Pâques, une bouffée de bons souvenirs m'éclate à la figure.

Après le feu d'artifice du 14 juillet sur l'hippodrome de Caen, Julien tourne la page.

Et immédiatement, je la vois.

Clotilde.

[65]

Une grande table dressée à l'extérieur, avec des nappes blanches et des parasols. Un grand soleil et un ciel tout bleu. Il y a beaucoup de monde sur cette photo. Au premier plan, Maman et Papa, un verre de vin blanc à la main en train de rire aux éclats. Papa porte une chemisette à carreaux bleue et blanche. C'est drôle, quand je pense à mon père en vacances, c'est toujours avec cette chemisette ! Maman a une drôle de mise en plis. C'était la grande mode à l'époque !

À côté de Papa, il y a Patricia et Hervé, ou plutôt Madame et Monsieur Barré. Ils ont l'air bien joyeux aussi. Je les reconnais parfaitement puisque ce sont mes beaux-parents, mais ça, je ne le dis pas à Julien. C'est encore trop tôt pour tout dévoiler. Ça me fait tout drôle de les revoir avec trente ans de moins. On a passé Noël chez eux il y a trois mois, ils ont toujours la même mimique, avec quelques rides en plus !

Et de l'autre côté de la table, une serviette autour du cou et une cuisse de poulet à la main pour faire les guignols, je m'en souviens parfaitement, il y a la petite chieuse et moi. Cheveux courts, tout noirs, grand sourire aux lèvres, je la reconnais, sans aucun doute. C'est elle, ma petite femme. Bon sang ce que ça fait plaisir de la voir, je commençais à croire que je l'avais inventée. Mais non, elle existe bel et bien et on a bien été ensemble !

Sous la photo, une légende : Bon appétit : 10 août 86.

[66]

« La voilà ta copine !!! Tu es content ?

Je dissimule ma grande joie. Je n'arbore qu'un sourire satisfait, presque indifférent.

— Oh oui, merci. Je n'avais pas rêvé. Elle était bien là, je commençais à me demander ! C'est rigolo de voir nos têtes. Sauf que toi tu n'es pas sur la photo.

— Evidemment, puisque c'est moi qui l'ai prise avec l'appareil de ma communion ! Attends, tu vas voir que moi aussi j'ai raison. Et là, tu vas me voir !

Et Julien tourne la page.

Deux têtes hilares, la sienne et la mienne, tenant à la main chacun une tasse. Sur la mienne, un petit chalet et un arbre, sur celle de Julien, une rivière bleue, une bouée et un parasol. Et on distingue des gribouillis de signatures qui passent derrière les tasses.

Ce sont bien nos deux tasses. Celle de Julien est d'ailleurs sur la table du salon, devant nous. Aucun doute possible. La preuve par l'image que nous étions deux.

Sous l'image, un petit mot à l'encre bleue : « Avant le départ : 22 août »

— Ah, tu vois bien qu'elle n'était pas là pour l'atelier des tasses ! » Julien triomphe.

C'est étrange, mais cette photo, je me souviens l'avoir vue dans l'album photo des parents.

Par contre, ce n'est pas tout à fait la même : entre Julien et moi, il y a Clotilde qui tient aussi sa tasse, avec un dessin de cheval et un petit vélo.

[67]

Rentré à la maison, je suis un peu à l'ouest. Pensif. Interrogatif. Dubitatif…

Je me couche, mais je ne dors pas. Impossible. J'essaie de mettre tout à plat.

Je suis en 2019. Je bricole mon téléphone, me voilà en 2024 dans la même maison, mais avec une femme différente et un autre métier. Le monde autour de moi a évolué et c'est normal. Tout a avancé de cinq ans.

Après un retour d'une journée juste pour tester, je reviens en 2019.

Tout va bien, j'ai repris mon métier précédent (je préfère d'ailleurs), je suis toujours dans la même maison, le monde est redevenu tel que je le connaissais avant mon premier « voyage », mais ma maison reste modifiée et je n'ai pas retrouvé la femme que j'avais laissée lors de mon premier départ. Par contre, j'ai retrouvé sa trace en 1986. Et c'est en 1986 qu'elle disparaît. Entre le 10 et le 22 août plus exactement. Après cette date, plus aucune nouvelle d'elle. Elle semble s'être volatilisée. La clé de mon histoire se trouve à Vogüé. En aout 1986.

Par contre, et c'est ça le plus étonnant, je semble avoir conservé la mémoire. Je me souviens parfaitement de ce que j'ai vécu en 2024. Des gens que j'ai rencontrés et des événements qui se sont déroulés pendant cette courte période.

Et je me souviens également de ma première vie. Celle que j'ai vécue avec Clotilde, avant « le grand bordel ».

Ils existent donc…

Les couloirs du temps.

[68]

Vous souvenez-vous du film « Les Visiteurs » ? Avec Jacquouille la Fripouille et Godefroy de Montmirail ? Vous y êtes ? Le deuxième opus avait ce titre : *Les couloirs du temps*. Et c'est comme ça que j'imagine ce qui m'arrive en ce moment.

Je suis coincé, je ne sais pourquoi, dans un couloir de vie qui n'est pas le mien.

Ma vie, ma vraie vie, c'est celle que je connais le mieux, celle avec Clotilde, celle où je suis instit, pas inspecteur, celle où ma cuisine a des moulins à café sur le mur et pas de la peinture bleue. Celle où je me douche avec du gel douche vanille. Celle où il y a le chat. Praline. Même si je préférerais qu'il ne soit pas là.

Pour une raison qui m'échappe toujours, j'ai changé de couloir. Je suis dans une vie qui n'est pas tout à fait la mienne. Pour l'essentiel, rien n'a changé. Ma famille est toujours la même, ma maison aussi, mes goûts également. Et pour tout vous dire, puisque je viens de passer une nuit blanche à tout retourner dans tous les sens, je ne suis même pas dans le même couloir qu'en 2024. Souvenez-vous, en 2024, Clotilde n'existait pas, ou du moins, elle n'apparaissait nulle part, ni dans la mémoire de Julien, ni sur Internet, ni même dans l'existence d'une quelconque tasse.

Maintenant, j'ai des preuves qu'elle a bien existé, du moins jusqu'au 10 Août 1986. Parce que le 22, elle n'était plus là.

Que s'est-il passé pendant cette période ?

[69]

Deux couloirs. Je ne vois que ça comme explication plausible. Mais deux couloirs qui sont vraiment parallèles et très proches. La preuve, c'est quand même que la majorité des choses n'a pas changé. J'habite la même ville, dans la même maison, avec des meubles qui sont quasiment les mêmes, j'ai les mêmes goûts culinaires, politiques, d'après les CD que j'ai trouvés, j'écoute la même musique.

J'ai « *juste* » changé de femme. Excusez du peu !

En fait, à bien y réfléchir, il s'est passé quelque chose de spécial entre le 10 et le 22 aout 1986. Quelque chose que je n'ai pas vu, dont je ne me suis pas aperçu dans ma vraie vie et qui m'a marqué dans le couloir numéro 2. La suite de ma vie a donc forcément changé puisque cette nouvelle existence tient compte de cet événement.

Si j'en crois Julien, les Barré ont quitté Vogüé le 22 août au matin, empêchant ainsi Clotilde de participer à l'atelier peinture sur tasses. Dans ma vie à moi, elle a peint sa tasse le 22 en même temps que tous les enfants présents dans ce camp. Mon frère invoque une histoire de crevettes pas fraîches. Mais cette raison ne me paraît pas valable. On ne quitte pas un camp de vacances pour un plat de crevettes. Non. Je suis certain qu'il s'est passé autre chose.

Quelque chose de plus grave.

Et qui a changé ma vie et celle de Clotilde.

[70]

Mais si ma mémoire est excellente, aussi bien dans le passé que dans le futur, elle a aussi ses limites. En 1986, j'avais huit ans, Julien onze. J'ai bien quelques souvenirs qui me reviennent, par flashs, mais pas une vue globale de ce qu'a été ce séjour. Je revois parfaitement les tours à vélo avec les copains, Muriel, la mono qui venait de Toulouse et qui passait son temps à rire. Je me souviens qu'elle avait un tic verbal. Quand elle nous parlait, elle terminait presque toutes ses phrases par « d'accord… ». Avec Julien, on comptait le nombre de « d'accord » de la journée et on comparaît le soir en rigolant.

Je revois plus ou moins bien ce qui me concerne ou ce qui a trait à mes activités d'enfant de huit ans. Maintenant, je n'ai qu'une vue partielle de mes parents et de ce qu'ils ont fait pendant ces deux semaines. Nous étions pris en charge toute la journée et on ne retrouvait nos parents que le soir pour le repas. Des vacances pour nous et pour eux !

En revanche, je me souviens parfaitement de Clotilde et de Monsieur et Madame Barré. Ils étaient dans le même bâtiment que nous, dans une chambre un peu plus petite (ils n'étaient que trois). Au troisième étage alors que nous étions au premier.

On passait nos journées ensemble. Elle avait un an de moins que moi et j'aimais déjà son sourire.

[71]

Je suis content de retrouver ma chambre d'enfant. À chaque fois que je vais chez mes parents, c'est le même plaisir, le même bonheur. Evidemment, depuis le temps que je suis parti, elle n'est pas restée telle que je l'avais connue. C'est maintenant une chambre d'amis, mais le lit qui s'y trouve, c'est bien le mien, le lit deux places que j'avais quand j'étais ado. Mes parents m'avaient acheté celui-là pour mes seize ans. Avant, j'avais le petit lit habituel qu'ont tous les enfants.

Il y a toujours mon bureau, qui sert à Papa maintenant pour faire ses puzzles. Il a toujours aimé ça, même quand il travaillait, et maintenant, à la retraite, il y passe des heures entières, avec un nombre de pièces de plus en plus élevé.

J'adore me retrouver dans cette chambre. J'ai l'impression que les murs respirent l'enfance, que chaque latte du parquet se souvient de ce que j'y ai fait. Cette chambre me rappelle mes bonheurs, mais aussi mes malheurs, mes rires et mes pleurs, mes heures passées à travailler de l'école primaire au lycée. Et mes premières petites amies entraînées ici le samedi pendant que mes parents faisaient les courses ou allaient voir ma grand-mère Sylviane.

Je suis venu ici pour passer la journée. Je suis seul. Nous sommes mercredi. Lison est au travail. Pas moi.

[72]

J'embrasse ma Maman avec un grand bonheur. C'est curieux de ressentir ça parce que je l'ai vue il y a une dizaine de jours, dans l'autre couloir. Mais ce voyage dans le temps fait que je suis étonné de tout. Elle est exactement la même que dans mon couloir du temps à moi. Le même sourire, la même joie de vivre, le même dynamisme.

Papa non plus n'a pas changé. Dommage, il vieillit et je sens son entrain et son allant disparaître un peu. J'aurais bien aimé le retrouver un peu plus actif plutôt que de le voir traîner entre ses puzzles et ses bouquins. Ils sont exactement les mêmes sauf que pour parler de ma femme, ils disent Lison au lieu de dire Clotilde. Mais pour eux, tout est normal. Ils ne subissent pas les changements que je ressens.

Je suis resté dîner. Le temps de repas est toujours un temps privilégié pour parler. C'est au moment du fromage que je me lance. Je leur sers le même discours que celui que j'avais exposé à Julien, en 2024.

« Tiens, en début de semaine, j'ai été contacté par une fille qui assure m'avoir connu en 86 à Vogüé.

— Ça ne m'étonne pas, tu étais si mignon que tu as laissé des amoureuses partout, plaisante ma mère.

— Clotilde, avancé-je. Clotilde Barré, je crois, un truc comme ça.

Le sourire de Maman se fige d'un coup.

— Ah oui ? Clotilde ? La fille Barré ? Et qu'est-ce qu'elle te voulait ? »

Elle reprend son légendaire sourire, mais je la sens déstabilisée.

Et Papa pique le nez dans son assiette.

[73]

« Rien de particulier, elle est tombée sur des vieilles photos chez ses parents et a cherché à me retrouver. Par internet, elle a su que j'habitais toujours dans le coin. Elle m'a juste envoyé un mail, je n'ai pas encore répondu.

— Je me souviens bien d'elle, reprend Maman. C'était une petite peste. Fille unique trop gâtée, il me semble. Capricieuse, fausse… Pas agréable comme gamine.

C'est étrange le souvenir qu'elle a laissé à tout le monde. Pour moi, c'est la femme la plus gentille et la plus douce que je connaisse.

— Bien, bien. Et elle t'a donné des nouvelles de ses parents ? demande Maman, faussement curieuse.

— Non, je te dis que je ne lui pas encore répondu. Mais si on reprend contact, ça viendra peut-être, je ne sais pas.

— En même temps, tu ne l'as pas connue bien longtemps, une bonne semaine. Ils ne sont pas restés tout le séjour, ils sont partis avant la fin si je me souviens bien, hein Stéphane, ajoute-t-elle en se tournant vers Papa.

Papa lève le nez de son assiette de salade.

— Oui, ils sont partis la veille, il me semble. »

Et il replonge dans son assiette.

Je ne sais pas pourquoi mais je sens comme un malaise. J'ai comme l'impression que l'évocation de la famille Barré ne les transporte pas de bonheur.

[74]

Avant de repartir, j'abandonne Papa à son café et je retrouve Maman dans la cuisine où elle fait chauffer de l'eau pour sa tisane.

Je la connais bien, je la sens nerveuse, à fleur de peau. Ses gestes sont saccadés et son sourire s'est définitivement éteint.

Je l'attrape par l'épaule et je me penche vers elle.

« Ça n'a pas l'air de te faire plaisir ce contact avec Clotilde, Maman.

— Non, non, ne t'inquiète pas, ça va. Pas de problèmes.

Mais je sens bien qu'il y a quelque chose qui coince.

— Maman, vas-y, dis-moi, je te connais par cœur. Je vois bien que ça ne va pas.

Elle hésite, se frotte nerveusement les mains avec son torchon. Elle s'assoit au bout de la table. Ses mains tremblent. Elle repose le torchon sur le dossier d'une chaise.

— Tu es grand maintenant, Benjamin, tu as le droit de savoir.

— De savoir quoi Maman ?

— Ton père a eu une liaison qui a duré plus de deux ans avec Madame Barré. Une liaison qui a commencé là-bas, à Vogüé pendant ce fameux séjour.

— Mais tu m'as dit qu'ils étaient partis avant nous ?

— Justement, je les ai surpris en train de s'embrasser dans une petite cabane près de la rivière.

— Ils se sont aperçus que tu les avais découverts ?

— Tu penses, j'ai mis les pieds dans le plat le soir même. Les Barré ont dû partir en catastrophe pour éviter le scandale. Ils ont inventé une histoire de crevettes pas fraîches, je crois, pour se donner une raison de quitter le séjour avant la fin. »

[75]

Papa, avec ses airs de bon père de famille, à qui on donnerait le bon Dieu sans confession, lui, mon père, aurait eu une liaison pendant deux ans ?

Et Maman se laisse aller, me balance tout ce soir. Comme si l'envie de tout me dire l'avait démangée pendant des années et que maintenant que j'avais lâché le nom de Barré, tout remontait à la surface.

« À Vogüé, ils avaient vraiment sympathisé pendant une soirée barbecue. Je m'étais déjà douté de quelque chose. Ils n'étaient pas très discrets. Après le scandale et le départ précipité des Barré, il y a eu une période de répit. Il m'avait promis que c'était terminé, que cette courte liaison n'avait été qu'un coup de folie, un petit accroc à notre contrat de mariage, une bagatelle. Moi, bêtement, je l'avais cru. Et puis quelques mois plus tard, je me suis rendu compte qu'il partait souvent à Evreux pour son travail. Jusqu'au jour où j'ai découvert une facturette Carte Bleue oubliée dans la poche de son pantalon. Un hôtel, tu t'en doutes. Je l'ai surveillé pendant des semaines. Il savait que je savais. Et lorsqu'elle a décidé de mettre fin à cette liaison, il a osé me dire que si je n'avais rien dit, c'était que la situation devait m'arranger quelque part, que j'y trouvais sûrement mon compte.

Après de longues heures de discussions houleuses, je lui ai pardonné. Mais je n'ai pas oublié.

[76]

Franchement, et sans vouloir être grossier, c'est quoi cette vie de merde dans laquelle je suis arrivé ? Moi qui m'étais habitué à une existence tranquille, sans histoire, me voilà d'un seul coup projeté dans un véritable vaudeville. J'apprends que mon père, le plus doux des papas et le plus fidèle des maris a eu une liaison avec celle qui est normalement ma belle-mère. Que cette aventure et surtout sa découverte par Maman ont entraîné le départ précipité de la famille Barré et que de ce fait, mon amour avec Clotilde n'a jamais existé puisque nous nous sommes embrassés pour la première fois le matin du départ de Vogüé. Enfin dans ma vraie vie, je ne sais pas si vous suivez !!

De plus, me voilà l'amant de ma voisine, ce qui me met dans une situation plutôt délicate vis-à-vis de celle qui est mon épouse actuelle. Je vis déjà avec une femme qui n'est pas la mienne et jusqu'à maintenant, je n'ai rien dit, d'ailleurs elle ne comprendrait pas, puisque pour elle tout est normal, alors une maîtresse en plus et son mari qui risque de tomber dessus à n'importe quel moment, ça commence à devenir invivable.

Je n'ai qu'une envie : retrouver ma vie d'avant, celle que j'aimais, celle où j'avais la femme que j'ai choisie et mes amis. Celle où j'étais réellement moi.

[77]

De retour à la maison, vers vingt-trois heures, j'ai droit à un comité d'accueil plutôt musclé. Lison me tombe dessus, prétextant que je ne l'avais pas prévenue que je restais dîner chez mes parents.

« C'est quoi cette nouvelle manie d'aller chez tes parents tout le mercredi ? Habituellement, on y va tous les deux. On y est allé mercredi dernier et ça n'arrive jamais qu'on y aille toutes les semaines ! Et en plus, tu restes manger sans me prévenir, tu aurais pu me mettre un mot quand même !

Bon, à ma décharge, mercredi dernier, je n'étais pas là. Et d'une… Et de deux, je ne connais pas les habitudes de cette maison, je n'y suis que depuis cinq jours. Je ne savais pas que pour manger avec mon père et ma mère, je devais demander l'autorisation à ma femme. Honnêtement, j'ai bien pensé à envoyer un SMS, mais la discussion avec Maman est arrivée et ça m'est sorti de la tête.

Lison est d'une mauvaise foi épouvantable, et quand elle se met en colère, elle ne se retient pas. Et si je me souviens bien, dans le peu de temps que j'ai passé avec elle en 2024, je me suis déjà fait engueuler pour une bêtise. Avec Clotilde, ça nous arrivait de nous faire des reproches, évidemment, mais aucun de deux n'élevait la voix comme ça pour assommer l'autre.

Je crois bien qu'une nouvelle fois, je ne vais pas faire de vieux os avec elle.

J'ai tellement envie de retrouver Clotilde.

[78]

Et ce soir encore, en me couchant, j'ai la tête qui explose. Jamais je n'ai autant réfléchi dans mon lit que depuis que mes promenades dans le temps ont commencé. Et ma conclusion est la même que lorsque j'ai quitté 2024 pour revenir ici. Je n'ai que faire de cette vie sans Clotilde. Je veux absolument revenir dans le bon couloir, dans celui de ma vie normale, de ma vie à moi.

Et pour cela, je ne vois qu'une solution : remettre le train sur les rails depuis le départ, mais sur les bons rails, ceux dont je me souviens et qui me ramèneront d'où je suis parti.

Et si je faisais ce que les mathématiciens appellent un raisonnement par récurrence, c'est-à-dire à l'envers ?

Clotilde n'est pas là parce que notre liaison n'a pas commencé le matin du départ de Vogüé.

Parce qu'elle n'est pas venue à l'atelier décoration de tasses.

Parce qu'elle est partie le matin même.

Parce que Maman s'est fâchée en découvrant la liaison entre Papa et Patricia.

Parce qu'ils ont commencé leur histoire lors du barbecue de bienvenue du 10 août.

Conclusion : il ne faut pas que Papa aille au barbecue de bienvenue.

Quel moyen ai-je à ma disposition ? Un téléphone qui peut me ramener en 1986 dans la maison de mes parents. Un bond de trente-trois ans en arrière. Quelques jours à passer à Vogüé, je fais ce que j'ai à faire et je reviens. Une formalité.

[79]

Voilà déjà dix jours que je réfléchis à la façon dont je vais m'envoler. Si j'ai bien compris comment cela fonctionnait, pour autant qu'on puisse comprendre quelque chose de complètement irrationnel, je dois modifier l'heure de mon téléphone au moment où je vais me coucher. S'endormir avant minuit pour que le changement de jour se passe bien. Maintenant, à quelle heure précise se déroule le changement de couloir, je ne sais pas, mais je pense que c'est minuit. Minuit pile.

Une chose est certaine, on se réveille à l'endroit où on s'est endormi. Le lit peut avoir changé, le décor et l'aménagement aussi, mais on ouvre les yeux dans la chambre où on les a fermés. Ce qui signifie que si je veux repartir en vacances à Vogüé avec mes parents, je me dois de m'endormir dans ma chambre d'enfant. Il n'y a pas d'autre solution.

Mais comment faire pour dormir chez eux sans éveiller l'attention ?

Et, étrangement, c'est Lison qui me donne la solution.

« Ben, me dit-elle ce soir au moment où nous allions passer à table, tes parents ont téléphoné tout à l'heure.

— Ah, qu'est-ce qu'ils voulaient ?

— Tu te souviens qu'ils partent à Barcelone avec les Corsan ?

— Oui, bien sûr.

— Ils demandent si tu peux les accompagner à l'aéroport samedi matin.

— Tu as dit oui, je suppose ?

— Bien sûr, mais ils doivent être à cinq heures du mat à Beauvais.

— Je partirai de bonne heure, ça ira.

— Non. Tu n'auras qu'à dormir chez eux, ça t'économisera du temps de route et un peu de sommeil.

— Bonne idéc ! »

[80]

J'ai embrassé Lison comme si j'allais la revoir après avoir déposé mes parents et les Corsan à Beauvais. Elle a été mon épouse sans l'avoir été. Je garderai un excellent souvenir d'elle, surtout de nos parties de jambes en l'air et de son imagination dans ces moments-là. Et puis on a bien ri, on a même eu plusieurs fous rires, on s'est plutôt bien entendus. On s'est aussi bien pris la tête plusieurs fois et ça, c'est le côté que j'essaierai de ne pas garder en mémoire.

En tout cas, je pars sans me retourner. Comme un soldat qui monte au front, je sais quelle va être ma mission. Juste empêcher mon père de coucher avec ma belle-mère. Ça paraît simple comme ça. Mais une fois sur place, j'aurai huit ans !!! Les choses seront peut-être un peu plus compliquées.

Je pense à tout ça en roulant vers la maison de mon enfance. J'ai un peu la trouille de me retrouver à huit ans, même si je sais que c'est juste pour quelques jours et en plus en vacances. Et j'ai un bon souvenir de cette maison de famille, je sais ce qui m'attend. Ce n'est pas comme si je devais tout recommencer : école, collège, lycée, coqueluche, boutons d'acné, premières petites amies, engueulades de mes parents, bagarres et réconciliations avec les copains.

Non, c'est juste pour le meilleur, et dans un but bien précis : retrouver la femme que j'aime.

[81]

Mes parents sont prêts, les bagages sont dans le couloir. Maman a toujours été comme ça, organisée et prête à partir dans l'instant. Je suppose que dans leur chambre, il y a leurs vêtements pour demain sur une chaise et qu'il ne reste plus que la trousse de toilette à glisser dans la valise.

« Veux-tu un petit café ? me demande Papa.

— Non merci Papa, tu es gentil, je voudrais m'endormir rapidement, on se lève tôt demain matin et on a de la route à faire.

— Deux heures et demie non ?

— J'ai compté trois heures, on ne sait jamais. On partira à deux heures, d'accord ?

— Oui, tu as raison d'être raisonnable. Les Corsan seront là, Maman leur a dit deux heures moins le quart pour le café !! »

Allez, il est bientôt vingt-trois heures.

« Bonne nuit Papa, bonne nuit Maman.

J'embrasse mes parents avant d'aller me coucher. Je les embrasse fort, parce que j'ai l'impression de leur faire une crasse… Que vont-ils faire demain matin ? Je me pose souvent la question. Lorsquc je pars pour un autre couloir du temps, est-ce que mon double reste dans celui-ci ? Trouveront-ils mon lit vide demain matin ou mon autre moi sera-t-il là pour les conduire à Beauvais ?

Je ne sais pas.

Et pour être tout à fait honnête, je m'en fiche un peu.

— Bonne nuit mon grand, me dit Maman, et merci encore.

— Ne me remercie pas Maman, ça me fait plaisir.

— À demain.

— À demain. »

[82]

Je referme la porte de ma chambre. De ma chambre d'enfant. Celle de Julien était juste en face de la mienne, à côté de la salle de bains. Une grande chambre qui donne sur le jardin. Les parents en ont fait un salon télé avec deux canapés, une table basse et une armoire normande.

Une fois couché, je regarde le plafond et les murs. J'essaie de me souvenir de ce qu'était cette chambre lorsque c'était mon domaine privé. Je me souviens du papier peint de mon adolescence, de mes posters de joueurs de rugby et de footballeurs, de ma chaîne Hifi dans le coin près de la fenêtre. Mais en 1986 ? Je me concentre, mais les images ne reviennent que par flashs. Je revois mon coffre à jouets, plein à craquer, mes Légo et mes Playmobil qui doivent encore être dans le grenier, certainement un circuit de voitures. Quoique… je l'ai peut-être eu pour le Noël de mes dix ans, je crois.

Je ferme les yeux, un mélange d'images valse dans ma tête. Des images de Clotilde enfant, de Clotilde ado, de notre mariage, des images de Lison, de la maison de vacances que je vais rejoindre, des images d'enfant, des images d'adulte. C'est le grand bazar dans ma tête. Je vais avoir du mal à m'endormir.

Allez, c'est le moment de me lancer. J'ai chargé mon téléphone à fond tout à l'heure, comme si j'avais besoin de beaucoup de puissance pour ce long voyage.

Paramètres / Réglages / Date et heure / Vendredi 8 août 1986. Je me suis donné une journée avant le départ, histoire de prendre la température de l'époque avant de partir vers l'Ardèche.

J'appuie sur Enregistrer. Voilà, c'est validé. Je pose le téléphone près du lit et j'attends le sommeil. Qui, bizarrement, vient très vite.

[83]

C'est le grincement de la porte qui me tire des bras de Morphée. J'entrouvre les yeux car la lumière du couloir m'éblouit un peu. Une silhouette s'approche de mon lit. Je ferme les yeux à nouveau, je suis un peu dans les vaps. J'ai vraiment bien dormi.

Maman s'assoit sur le bord de mon lit. C'est bien elle, je reconnais son odeur. Elle s'approche de moi et m'embrasse sur le front.

« Il est six heures, Benjamin, il faut te lever, on part de bonne heure, tu te souviens ? Allez, ouvre les yeux !

J'obéis. Elle est devant moi, en chemise de nuit, à peine éveillée elle aussi. Je la distingue juste, elle est à contre-jour. Je ne dis rien.

Elle allume ma lampe de chevet. C'est bien elle. Avec trente-trois ans de moins. Bordel, cette image d'elle m'était sortie de la tête !

— Allez, debout, Julien est déjà dans la douche. Ton déjeuner est prêt. Viens, tu te laveras après.

— J'arrive Maman.

Ma voix…. Je ne reconnais pas ma voix, si haut perchée. Une voix de gamin, comme celle de mes élèves de 2019.

Maman quitte la pièce.

Alors, ça y est ? Ça a marché ? Je me regarde, je suis en pyjama. Mon pyjama Chicago Bulls, je l'avais oublié celui-là.

Je soulève les draps et tire l'élastique de mon pantalon de pyjama…

Aucun doute possible. Je suis bien redevenu un petit garçon de huit ans !

[84]

Avant de me lever, je regarde ma chambre dans ses moindres détails. C'est quelque chose la mémoire tout de même ! C'est étonnant ce que les souvenirs reviennent vite. C'est comme si j'avais tout laissé hier et que je savais parfaitement où se trouvait chaque élément. Je pensais me souvenir de ma chambre d'ado et pas de celle de mes huit ans ; je me trompais. Je retrouve tout. Le fameux coffre à jouets auquel je pensais avant de m'endormir, la corbeille en osier avec les peluches : éléphant, cochon rose, mouton rapporté d'Irlande par mon grand-père. Et mon chat bleu. Le chat que j'adore avec ses grands yeux noirs. Le seul chat bleu au monde.

Mon regard rencontre mon lustre, celui avec des bateaux bleus et rouges que m'avait offert mon parrain pour mes cinq ans je crois.

Sur mon bureau, j'aperçois une petite lampe et mon cartable, accroché à une patère que Papa avait fixée sur le côté. Sur ma chaise de bureau, un pantalon, un T shirt, un slip et une paire de socquettes. Maman avait tout préparé, j'aurais pu le jurer.

Les bruits de la maison me reviennent également aussitôt. J'entends la voix de Papa, au loin dans la cuisine, le bruit des bols sur la table, les pas de Maman, le rire de Julien. « On n'oublie rien de rien, on s'habitue c'est tout » chantait le grand Jacques Brel. Mon Dieu qu'il avait raison. Je n'ai rien oublié, je me suis habitué à ma vie au fur et à mesure qu'elle avançait.

[85]

« Benjamin, tu te lèves ou je viens te chercher ?

Voilà. J'avais juste oublié ça. Papa a horreur de me voir traîner au lit. Je me souviens que quand j'avais quinze ans, si je ne me levais pas assez vite, il essorait un gant de toilette au-dessus de mon visage. Juste quelques gouttes, mais j'avais l'impression d'une vraie douche ! Là, je suis plus petit, donc il y va plus doucement.

— Oui, oui, j'arrive, j'arrive.

Il faut que je m'habitue à cette nouvelle voix.

Je me lève. Ah oui, c'est vrai, la taille… Je suis nettement plus petit qu'hier soir. C'est marrant comme on voit le monde autrement avec cinquante centimètres de moins ! J'enfile mes chaussons et je m'apprête à quitter ma chambre pour gagner la cuisine lorsque le téléphone sonne, là-bas dans le salon. Je me souviens même de la sonnerie ! Incroyable.

Et là, ça me saute à l'esprit ! Mon téléphone, il faut que je le cache pour que mes parents ne le trouvent pas. Je le planquerai quelque part dans mon sac de jouets, je verrai bien.

Je fais le tour de mon lit en regardant sur le sol, là où je l'avais déposé hier soir.

Mon téléphone ? Où est-il ? Mon Iphone 4… Je regarde partout, sous le lit, sous le matelas, sous l'oreiller, je soulève la couette… pas de téléphone. Introuvable… Disparu. Je m'assois sur le bord de mon lit.

— Alors, tu viens oui ou non ?

— Oui Papa. »

[86]

« Allez, lave-toi les mains et assieds-toi, me dit Maman lorsque je pénètre dans la cuisine.

Toutes ces habitudes me reviennent instantanément. Plus facile que de vivre du jour au lendemain avec Lison que je n'avais jamais vue de ma vie. Là, j'ai déjà vécu ça, et pendant plusieurs années !

Je me frotte bien les mains, Maman se colle derrière moi pour me faire un bisou et je m'assois à table où m'attendent mon bol de céréales et mon jus d'orange. (Chocolat chaud en hiver, jus d'orange aux beaux jours).

Je suis dans la lune, je gobe les mouches, comme dit ma grand-mère. La disparition de mon téléphone a tué toute mon énergie. Je n'ai peut-être pas bien regardé. Lorsque j'aurai terminé mon petit déj, je retournerai dans ma chambre et je chercherai avec plus d'attention, il est forcément quelque part !

Papa entre dans la cuisine, une cigarette à la main. C'est vrai qu'il fumait à l'époque. Bon sang, ce que ça peut puer, surtout au petit déjeuner. Il a arrêté le jour de mon mariage. Ça lui laisse encore de belles années de clope devant lui. Et quelques milliers de mégots à écraser.

— Est-ce que les enfants sont bientôt prêts ? demande-t-il à Maman. La voiture est chargée, j'aimerais qu'on ne parte pas trop tard, on a de la route !

La voiture ! La Golf noire, je m'en souviens de cette voiture ! J'adorais son odeur. Pas de climatisation évidemment, l'été, on cuisait littéralement, mais elle était carrément classe.

— Julien a déjeuné et vient de finir sa douche, répond Maman. Benjamin s'est douché hier soir. Un petit coup suffira ce matin. Allez, hop, Benjo, dépêche-toi ! »

C'est vrai qu'elle m'appelait benjo. Ça, j'avais oublié !

[87]

« Dépêche-toi, dépêche-toi … »

J'ai passé mon enfance à entendre cette phrase. Mon père m'appelait « Trop tard à la soupe » et sa blague préférée était « Benjamin est là ? Oui ? Alors, on peut y aller. Si Benjamin est là, tout le monde est là ! »

Et ce matin, je vous assure que je me dépêche. En moins de cinq minutes, j'ai avalé mes corn flakes et mon jus d'orange. Je ne prends même pas le temps de débarrasser mon bol, je file dans ma chambre en quatrième vitesse.

Dix fois, vingt fois je fais le tour de mon lit, je soulève, je pousse, je déplace, je tire, je resoulève… Rien, nada… mon téléphone a disparu. Mon transport dans le temps, l'objet qui pouvait me permettre de retourner dans la vraie vie n'est plus là.

Evidemment, je vais y retourner en 2019. Mais il va me falloir trente-trois ans. Il va falloir tout revivre et ça, je n'en ai vraiment pas envie. Une fois Clotilde remise dans le bon couloir du temps, j'ai envie de la retrouver telle qu'elle était le jour où ce fichu bazar a commencé.

J'ai pourtant tout bien fait comme les autres fois : Paramètres / Réglages / Date et heure et la date souhaitée. Les autres coups, ça a fonctionné correctement. Pourquoi pas cette fois-ci ?

Je m'assois sur mon lit et je réfléchis, du haut de mes huit ans. Et soudain, l'évidence : en 1986, l'Iphone 4 n'existait pas. Aucun Iphone d'ailleurs ! Aucun autre smartphone ! Voilà la vraie raison. J'aurais dû y penser avant de venir, un peu à la légère.

« Benjamin, tu es habillé ? me demande Maman.

J'enfile mon short et mon t-shirt vite fait. Je n'ai pas le choix.

— Oui Maman, j'arrive.

Je regarde une dernière fois, puis je file dans le couloir.

— Benjamin est là ? demande Papa. Alors tout le monde est là ! En voiture ! »

[88]

Et nous voilà partis. Je ne me souvenais plus, Maman nous l'a réexpliqué dans la voiture. Caen-Vogüé, ça fait une sacrée trotte. Plus de dix heures de route. Alors nous coupons le voyage en deux en nous arrêtant près de Tours chez la marraine de Julien. Il me semble me souvenir qu'elle est décédée dans un accident de voiture deux ans après notre passage. Et je crois qu'on ne s'est pas revus après cette journée chez elle.

C'est vraiment bizarre comme impression, et je crois que si je dois rester ici un moment, ça va me faire drôle de vivre ce que j'ai déjà vécu, de ne pas pouvoir intervenir, parce que je ne le veux pas, et d'avancer dans la vie en sachant ce qui va se passer.

Je sais quand et comment vont mourir mes grands-parents, mon parrain, mon copain Jean-Christophe à l'école. Je sais que Julien va rater son bac la première fois, je sais que la Golf de Papa va être volée en 1991, je sais que Maman va perdre son boulot pour une histoire sordide dans son usine.

Mais je l'ai bien décidé en réfléchissant longuement avant de partir de 2019, je ne veux intervenir sur rien. Juste vivre ma vie tranquillement, retrouver Clotilde, l'embrasser ce samedi matin et revenir chez nous pour la retrouver.

Mais quand je pensais à ça, je n'imaginais pas que je serais coincé ici, en 1986, faute d'avoir mon téléphone pour revenir.

[89]

Nous avons passé une sacrée bonne journée avec Christine et Philippe, la marraine de Julien et son mari. Ils ont trois enfants : deux plus âgés que moi et un plus petit. Je suis encore en contact avec Lucie, la petite dernière. Elle est nutritionniste diététicienne près de Toulouse maintenant !

Nous avons passé la soirée à jouer à Twister, un jeu que Philippe a rapporté des Etats Unis. Une espèce de tapis en plastique avec des ronds de couleurs et il faut poser différentes parties de son corps sur les ronds. Ça donne des positions tordues quand on est trois sur le tapis ! C'est un jeu qui est arrivé en France dans le milieu des années 90 mais ça n'a pas eu un grand succès je crois. Du moins pas aussi important qu'aux Etats-Unis.

Et puis on a mangé des bonbons. Et puis on a dit des gros mots. Et on a bien rigolé avec les voitures de police et de pompier de Johann.

Les parents nous ont couchés vers dix heures et demie. C'est déjà pas mal. Papa, je me souviens, est assez strict sur les horaires de coucher, et demain, nous reprenons la voiture pour la deuxième partie du voyage. Je l'ai entendu dire à Christine que nous devions être arrivés pour dix-sept heures pour s'installer dans les chambres avant de manger. Il faudrait qu'on soit partis avant huit heures. Au cas où on aurait un problème sur la route, un accident ou une crevaison.

Il ne se passera rien. Je le sais.

[90]

Nous voilà arrivés à Vogüé. J'ai toujours entendu mes parents dire qu'on avait passé un séjour à Aubenas, mais en fait c'est à Vogüé, à dix kilomètres au sud de la ville, au bord de la rivière.

Neuf heures de route, en comptant le pique-nique de ce midi et les trois arrêts pipi repos. Maman a conduit une heure et Papa huit. C'est toujours comme ça. Je crois qu'il n'a pas très confiance.

C'est une immense propriété un peu à l'écart du village, au-dessus de l'Ardèche. Un bâtiment imposant en plein milieu d'un terrain d'un hectare, sur trois étages. Il y a cinq mini appartements par étage. Nous logeons au premier. Juste une chambre avec trois lits : un grand et deux petits et une salle de bains avec douche, wc et lavabo. Je n'en ai pas gardé un grand souvenir. Julien choisit le lit près de la fenêtre, moi celui le long du mur. Les parents sont un peu à l'écart, plus loin vers la porte d'entrée et plus proches de la salle de bains.

Maman, Julien et moi restons nous installer dans la chambre pendant que Papa finit de régler les formalités d'arrivée. Julien s'installe sur son lit pour lire son Picsou magazine. Moi je regarde par la fenêtre. Je vois le château de Vogüé qui domine l'Ardèche de ses tours rondes. Les toits des maisons forment une mosaïque de couleurs magnifique. En bas, j'observe le ballet des voitures de touristes comme nous qui arrivent pour une ou deux semaines de repos.

[91]

La salle à manger…

Dès que nous y sommes entrés, je l'ai reconnue, tout de suite. Il y a des choses comme ça, qui marquent. Dans un centre de vacances où nous sommes pendant deux semaines en pension complète, la salle à manger, c'est le centre névralgique du lieu. On y prend son petit déjeuner – entre sept heures et demie et neuf heures -, le déjeuner — entre midi et quart et treize heure trente – et le repas du soir – à partir de dix-neuf heures -.

Une salle immense, avec une baie vitrée sur toute la longueur donnant directement sur l'Ardèche. Une bonne vingtaine de tables, de deux, de quatre, de six, de huit séparées par des sortes de pergolas en bois ajourées avec des barquettes de fleurs en plastique. À l'époque, on devait trouver ça classe les fleurs en plastique. Moi j'ai jamais aimé !

Dans cette salle, circule un personnel de service poussant des chariots remplis de plats ou de vaisselle sale selon l'heure. Chaque table est dédiée à une chambre. Nous avons nos serviettes de table et Papa sa bouteille de vin rouge entamée qu'il retrouve au repas suivant.

C'est là que ce premier samedi, pour le repas du soir, je me suis installé, Maman à côté de moi, Papa et Julien en face.

J'ai vu Monsieur Barré en premier. Il a passé la porte avec son air décidé. Je l'ai reconnu à sa démarche et à son petit bouc.

Et juste derrière lui, donnant la main à sa mère, Clotilde. Ma Clotilde. Je n'ai jamais rêvé. Je savais bien qu'elle existait et que j'allais la retrouver !

[92]

Elle est exactement comme dans mon souvenir. Elle porte un petit short à fleurs et un polo blanc à manches courtes avec un col et des revers de manches jaune et bleu. Des sandalettes, comme Julien et moi. Elle donne la main de Madame Barré qui semble la tirer de force, comme si elle n'avait pas envie d'entrer. Je sais qu'elle va passer devant nous, puisque je connais d'avance la table qui est attribuée à la famille Barré. Deux pergolas plus loin que nous. Et de fait, elle passe et nous jette un regard un peu hautain, à Julien et à moi, puis elle sourit. Elle semble boudeuse, contrariée. Mais c'est exactement la jolie petite fille dont j'ai gardé le souvenir. C'est rigolo comme j'ai oublié certains détails, mais je revois parfaitement ses regards, sa moue et son sourire un peu ironique.

Une fois tout le monde installé, une jeune fille d'une vingtaine d'années s'avance vers le milieu de la place, un micro à la main.

« Bienvenue à vous toutes et à vous tous. Je m'appelle Murielle, d'accord ? C'est moi qui m'occuperai de vos enfants pendant votre séjour ici. Mais pour le moment, je suis juste venue vous rappeler que nous vous attendons tous demain soir à dix-neuf heures pour notre Barbecue de bienvenue. Alors, bonne première soirée ici et à demain soir. D'accord ? »

[93]

Bordel, c'est déjà demain.

Je regarde Papa qui porte tranquillement son verre de vin rouge à sa bouche. Il ne se doute de rien. Il ne s'imagine pas que dans vingt-quatre heures, il mettra son ménage en péril, qu'il risquera de perdre sa femme et ses deux fils. Qu'il devra affronter les reproches et les ressentiments de Maman pendant des années. Tout ça pour un petit sourire en coin de Patricia Barré qui le fera monter au septième ciel. Tout ça pour un baiser dans la cabane près de la rivière. Je me souviens maintenant pourquoi je suis là. L'évidence me saute au visage.

Mais je pensais avoir le temps de m'installer, de parler à Clotilde, de redémarrer notre jolie histoire. Que je suis con, j'aurais dû me douter. Un barbecue de bienvenue, c'est au début du séjour, pas au milieu ni à la fin. C'est donc demain soir à dix-neuf heures qu'il faudra intervenir pour éviter la catastrophe. Agir pour empêcher Papa de fauter, pour empêcher Maman de s'en apercevoir, pour empêcher le scandale, pour éviter que Clotilde ne se barre avant la fin du séjour pour des crevettes pas fraîches, ne laissant que deux signatures sur ma tasse.

Papa déguste son café en fumant une cigarette. Moi je suis dans la lune. Soudain, je la sens passer près de notre table. Elle a toujours le même parfum. Depuis trente-trois ans. Elle sourit à Papa qui la suit du regard en se retournant ostensiblement. Maman en reste bouche bée.

Demain, ça va être chaud, je le sens.

[94]

Après cet incident, je me rends compte de deux choses que je n'avais pas réalisées à l'époque.

Tout d'abord, Patricia, ma belle-mère, était plutôt pas mal à l'époque. La première fois, je n'ai regardé que sa fille, mais maintenant, en rejouant la même partition, je peux me permettre de porter mon attention sur autre chose. Comme quand on revoit un film plusieurs fois, il y a toujours, en arrière-plan, des détails qui nous avaient échappés lors de la première diffusion. Et il faut dire que sa courbe de reins attire plutôt le regard. Ce qui n'a pas échappé à Papa qui en a fait tomber la cendre de sa clope.

Et le regard de Papa n'a pas échappé à Maman, et c'est là ma deuxième révélation. Maman est sacrément jalouse, et si elle couve comme une poule ses deux petits poussins que nous sommes, Julien et moi, elle garde un œil sur le coq de la maison. Et le retour dans la chambre a été plutôt musclé. De mon lit, je l'entendais invectiver Papa qui se défendait comme il pouvait. La lionne avait les dents acérées.

Mais le ver est dans le fruit et Papa a flashé sur Patricia. Même s'il a pris une engueulade en rentrant, le sourire de ma future belle-mère a fait son petit effet.

« Les garçons, c'est ce soir le barbecue de bienvenue, nous dit-il à la fin du petit déjeuner de ce dimanche matin. Je sens qu'on va bien s'amuser ! »

Il n'y a pas de doute, il y pense…

[95]

Il est déjà dix-huit heures trente et ce dimanche a passé à une vitesse folle. Je n'ai rien vu de la journée, tant nous avons joué, Julien, Clotilde et d'autres enfants : Pauline, Esther, Chloé et Julie pour les filles, Sébastien, Quentin, Adrien, Thomas et François, un grand d'au moins dix ans. La propriété est grande et nous nous en sommes donné à cœur joie. Interdiction de s'approcher de la rivière. Il n'y a pas de surveillant le dimanche, car pas d'activités organisées par la maison familiale. Alors, nous avons fait du vélo, nous avons tourné dans tous les sens, nous avons fait des courses et Julien a été le plus rapide. Moi, trois ans de moins que mon frère, j'ai forcément rendu vingt mètres …

Nous sommes repassés par la chambre pour faire un brin de toilette avant d'aller au barbecue. Papa disait qu'on pouvait y aller directement sans passer par la chambre, mais Maman a été intraitable. On ne peut pas y aller comme ça après avoir sué tout l'après-midi. Un minimum d'hygiène s'impose, même en vacances.

Pendant que Julien est dans la salle de bains avec Maman, je regarde par la fenêtre depuis mon lit et je réfléchis. C'est maintenant que tout va se jouer. Si je n'agis pas, je me retrouverai dans le mauvais couloir, avec une Lison dans mon lit et une maîtresse à côté de chez moi et Clotilde repartira dans l'Eure sans mon premier baiser.

J'ai une demi-heure pour agir.

[96]

Je n'ai rien trouvé. Je suis trop petit pour inventer un stratagème original permettant à un papa de ne pas aller rencontrer son destin et l'adultère par la même occasion.

Nous voilà tous les quatre en route vers la terrasse sur le devant de la grande maison, face à l'Ardèche qui nous attend pour un barbecue chipo merguez. Papa et Maman marchent devant nous d'un bon pas. Julien et moi suivons sur nos vélos, tout doucement, quasiment au pas. J'avance comme un condamné qui part au supplice. Je lève la tête et je la vois, en bas, un verre de sangria à la main. Patricia et sa robe à fleurs jaunes et rouges attendent Papa d'un pied ferme.

« Allez-y, filez, attendez-nous en bas, nous enjoint Papa, ça descend un peu, vous vous traînez derrière nous.

— Soyez prudents, ajoute Maman, n'allez pas vous blesser.

— T'inquiète, répond Julien en démarrant en trombe. Rattrape-moi si tu peux, me lance-t-il en se retournant.

Son défi me pique au vif et je me lance à sa poursuite, appuyant sur mes pédales aussi fort que je le peux. Petit à petit, je refais mon retard. Ma vengeance, c'est pour ce soir.

Mais au moment de le rattraper, un chien passe juste devant moi. Je fais un écart brusque, à gauche, au pif. Et dans la descente, mon vélo commence à faire des zig-zags, il s'emballe, je ne le dirige plus. La chute est inévitable. Je ne veux pas voir ça. Je ferme les yeux.

[97]

« Vous avez de la chance que je sois de garde ce soir, dit une voix au-dessus de moi. Sinon, il aurait fallu que vous alliez jusqu'à Aubenas, ou peut-être même aux urgences de l'hôpital.

J'ouvre les yeux. La voix en question a une quarantaine d'années, des lunettes aux branches dorées, un petit bouc discret et un sourire qui rassure.

— Alors, jeune homme, que s'est-il passé ? me dit-il en me faisant un clin d'œil. Tu as voulu jouer au cascadeur ?

— Non M'sieur, je suis tombé de mon vélo.

Je ne pleure plus. J'ai beaucoup pleuré tout à l'heure, mais Maman m'a bien consolé pendant que Papa nous conduisait chez le docteur.

Doucement, le médecin retire la compresse qu'il m'avait posée sur le front, la jette à la poubelle et en place une nouvelle. Il déchire l'enveloppe de papier.

— Il va falloir recoudre ? demande Maman. Visiblement, elle est plus impressionnée que moi.

— Non, je ne pense pas, répond le médecin de garde. Le front, c'est toujours impressionnant, ça saigne beaucoup, mais l'os est vite sous la peau, les coupures sont rarement profondes.

— Un pansement va suffire ? demande Papa.

— Non, il faut quand même fermer la plaie. Je vais lui mettre des strips. C'est tout nouveau. Ça rapproche les chairs tout en évitant les points de suture.

— Par contre, fini le vélo pour ce soir. Il va falloir qu'il se repose, ajoute Papa. Je vais rester avec toi mon Titi, on va faire une partie de petits chevaux ! »

J'avais aussi oublié qu'à ses moments tendres, il m'appelait mon Titi…

[98]

On en a fait trois, des parties de petits chevaux. Et tous les quatre autour de la petite table de la chambre des parents. J'en ai gagné une, mais aux deux autres, je me faisais balancer par Papa juste avant de monter dans l'écurie et ça faisait beaucoup rire Julien.

« Bonne nuit mon grand, me dit Maman en me faisant un gros bisou sur le front, juste à côté du pansement. Tu seras cascadeur plus tard ?

— Oh non, je préfère pas, ça fait trop mal.

— Bisous mon Titi, ajoute Papa. On a passé une bonne soirée tous les quatre !

— Mais le barbecue de bienvenue, Papa, ça ne t'embête pas trop ?

— Ne t'en fais pas. On ira au barbecue d'adieu, ce sera pareil ! Allez, dors vite, demain matin, tu commences les activités de bonne heure avec …. Heu…

— Muriel. Elle a dit qu'elle s'appelait Muriel. D'accord ?

— Muriel. Allez, bonne nuit mon grand.

— Bonne nuit Papa, bonne nuit Maman. »

Julien n'a même pas voulu discuter ce soir. Il s'est endormi comme une souche.

Dans l'obscurité de la chambre, j'entends les rires des derniers vacanciers là-bas près de l'Ardèche. Et je regarde le plafond.

Etonnant cet accident juste avant le barbecue. Je ne l'ai pas voulu pourtant. Mais je suis allé le plus vite possible. Je voulais absolument gagner. Quitte à prendre des risques. Peut-être qu'inconsciemment, je l'ai cherchée cette chute. Elle est venue toute seule. Pile au moment où il fallait qu'elle arrive.

En tout cas, le résultat est là. J'ai réussi à faire mentir Maman. Ils ne se sont pas rencontrés au barbecue. Première partie de ma mission réussie. Reste à être vigilant maintenant…

[99]

C'est incroyable comme les vacances passent vite quand on est loin de chez soi et qu'on s'amuse bien. Nous avons fait de tout. Du kayak, du vélo, nous avons fait des activités manuelles avec Muriel les deux jours où il y a eu de l'orage et où on ne pouvait pas sortir. D'accord ? Également du poney dans un petit centre pas très loin et une sortie à la journée en suivant l'Ardèche. On en avait plein les pattes le soir en rentrant parce que c'était une rando super longue.

Papa et Maman se sont fait de nouveaux amis : Monsieur et Madame Hoareau qui sont venus de la région bordelaise. Ensemble, ils ont fait des promenades l'après-midi, ils ont joué aux cartes et ils ont passé quelques soirées à bavarder et à rigoler. Monsieur Hoareau joue drôlement bien aux boules et Papa n'a pas gagné souvent.

Quant à Patricia, il ne lui a plus jeté le moindre coup d'œil. Il a vite compris que ses regards étaient surveillés, que Maman le guettait, le surveillait comme le lait sur le feu.

Mais ça ne m'a pas empêché de jouer tous les jours avec Clotilde. On en a fait des bêtises ensemble. Je me sens bien avec elle. Je sens une complicité qui s'installe. La même que quand je suis venu ici la première fois.

Je pense que je suis revenu dans le bon couloir, celui de ma vraie vie, celui de mon premier appartement avec Clotilde, rue des abbesses. Celui de notre mariage.

Il me reste peu de choses à faire pour que j'en sois bien sûr et certain.
Ensuite, il faudra revenir en 2019.
Et là…...

[100]

« Allez, mettez-vous en petits groupes, vite vite, d'accord ?

— Des groupes de combien ? demande Adrien.

— Deux ou trois comme vous voulez, mais pas plus, d'accord ?

— On se met ensemble tous les trois ? demande Clotilde en me désignant Julien.

— Oui bien sûr. Viens, Julien, on se met tous les trois.

Nous nous tenons mutuellement par les épaules, scellant ainsi notre petite bande d'inséparables. Moi, je suis aux anges. Clotilde est toujours là. Pas de scandale à l'horizon, pas de départ précipité. Après avoir fait mentir Maman, je fais mentir Julien maintenant, lui qui m'assurait qu'on n'était que tous les deux.

Muriel est au milieu de la pièce, en short rose et en T shirt « Fruit of the Loom ».

— Comme c'est le cas à chaque séjour tous les ans, nous allons faire ensemble ce matin un souvenir de votre passage ici.

Et elle soulève un drap laissant apparaître une série de mugs en porcelaine blancs alignés les uns à côté des autres.

— Vous allez pouvoir dessiner ce que vous voulez sur vos tasses. Avec de la peinture spéciale. On laissera sécher toute la journée et je ferai cuire les tasses dans le four pendant la nuit. Pour bien fixer les dessins. Je vous donnerai les tasses demain matin avant votre départ. Le motif pourra durer des années, alors appliquez-vous bien. D'accord ?

— D'accord, annonçons-nous tous les trois en rigolant.

[101]

« Muriel ?

— Oui, Benjamin, qu'est-ce qu'il y a ?

— Est-ce qu'après avoir fait nos dessins on pourra signer sur nos trois tasses, Julien, Clotilde et moi ? Comme ça, ça nous fera un encore plus beau souvenir.

— Oui oui, bonne idée. C'est vrai que vous avez fait une chouette équipe tous les trois pendant le séjour.

Et nous voilà au travail. Tout le monde s'applique dans l'atelier. Quentin essaie bien de faire le guignol, mais tous les trois, nous sommes super concentrés, comme si on voulait faire la plus belle tasse. Julien s'applique en dessinant sa bouée et son parasol au bord de la rivière. Clotilde tire la langue en traçant un petit cheval ma foi plutôt ressemblant. Et moi, le mauvais en dessin, je me contente d'un petit chalet et d'un arbre avec un ciel ultra bleu et un soleil archi jaune !

— Allez, vous avez fini ? On les signe les tasses, comme on a prévu ? Muriel est d'accord.

C'est moi qui pose la question. Et je sais très bien pourquoi je la pose. Tous les trois, nous signons nos trois tasses en nous appliquant. Muriel passe près de nous, et comme elle l'a fait pour les autres, ajoute en bas de la tasse « Vogüé Août 1986 ».

— Un petit sourire les enfants, appelle une voix derrière moi.

Nous nous retournons. Maman est là, l'appareil photo à la main. Comme tout à l'heure, nous nous tenons par les épaules. Clotilde au milieu, Julien et moi de chaque côté.

— Fais un salut comme les soldats, Benjamin, me dit Maman. Ça cachera un peu ton pansement. »

Clic Clac Kodak. Comme dit Papa. La photo est dans la boîte.

[102]

« Allez, les enfants, debout. Il est l'heure. On rentre à la maison aujourd'hui. Ce soir, vous dormirez dans vos lits.

J'ai les yeux qui me brûlent. Hier soir, on s'est couché tard. C'était le barbecue de départ, et on n'a pas voulu le manquer, vu qu'on n'était pas allés à celui de bienvenue à cause de ma chute à vélo. J'ai mangé trois saucisses et des frites et j'ai bu pas mal de Coca. J'ai eu un peu de mal à m'endormir. Ce qui fait que le réveil matinal est plutôt difficile. Julien semble avoir le même problème que moi. Malgré ses trois ans de plus, il ne semble pas mieux réveillé.

— Dernier petit déjeuner en bas, nous dit Papa. Allez-y tout seul les garçons pendant que Maman et moi, nous finissons de réunir les bagages. Je charge la voiture et je vous rejoins.

— Et pas de blague cette fois-ci Benjamin, me dit Maman en plaçant sa main sur mon front.

Elle sourit.

— Oui Maman, promis. »

Julien et moi descendons sagement à la salle du repas. Ça va nous faire drôle de partir d'ici. De ne plus voir la rivière, les copains, Clotilde.

D'autant plus que dans un peu plus de deux semaines, c'est la rentrée des classes. Maman n'arrête pas de me le rappeler. Le CE2 c'est sérieux, dit-elle. Comme si le CP et le CE1 c'était de la blague !!

Moi qui enseigne en CM1-CM2 depuis dix ans, ça va me faire tout drôle de me retrouver en CE2, et côté élève !

[103]

Julien et moi nous asseyons face à face. Deux tables plus loin, je vois Clotilde, entourée de ses parents. Elle finit son petit déjeuner. Profitant du moment où ses parents sont debout en train de reprendre du café, elle me fait un petit signe et file vers la porte du fond, celle qui donne sur le jardin de derrière.

« J'ai oublié un truc, dis-je à Julien, je reviens vite. Prends-moi un pain au chocolat et un croissant, j'arrive.

Et sans attendre sa réponse, je quitte la table, sors par la porte principale et fais le tour du bâtiment en courant. Au moment où j'arrive, je la vois, toute jolie, près des hortensias. Je suis essoufflé. Tout de suite, elle me prend la main.

— Je voulais te dire au revoir à toi tout seul, Benjamin, me dit-elle.

Je suis un peu embarrassé de me trouver seul à seul avec elle, mais pas pour jouer. Au fond de moi, je ressens le sérieux de la situation.

— Au revoir Clotilde.

Je cherche mes mots.

— C'était vraiment bien ces vacances avec toi.

— Oui, répond-elle. C'était chouette ! Tiens, me dit-elle en me glissant un papier dans la main, je t'ai écrit mon adresse. On pourrait s'écrire si tu veux bien. Tu serais mon correspondant, comme à l'école.

— Bien sûr que je veux bien. Je t'écrirai vite et je te donnerai la mienne sur ma première lettre.

— Allez, au revoir, mes parents vont se demander où je suis passée.

Soudainement, je deviens plus grave.

— Au revoir Clotilde, je ne t'oublierai pas.

Je la prends dans mes bras. Doucement, elle m'embrasse sur la joue. Au moment où nous tournons la tête pour la seconde bise, j'esquisse un petit mouvement de côté et nos lèvres se rejoignent.

Le voilà ce premier baiser. Celui qui a tout déclenché…

[104]

Il ne faut pas croire que je suis reparti en 1986, comme ça, sans réfléchir, sans me poser des centaines et des milliers de questions. Je savais pertinemment que j'allais me souvenir de ma vie passée, l'expérience du samedi revécu me l'avait démontré. Alors que faire lorsqu'on recommence une vie que l'on a déjà vécue et qu'on ne veut surtout pas la bousculer afin de la retrouver comme on l'a laissée ? Il faut essayer de ne rien modifier. Si possible, se souvenir des choix faits la première fois et ne pas les changer, ou le moins possible. Du moins, pas ce qui pourrait avoir une influence sur la suite des événements. Entendez-moi bien. Que je prenne du Coca ou du Fanta orange à un goûter ne modifiera pas ma vie, mais que je monte sur une moto pour rouler à deux cents kilomètres-heure peut influer, et gravement.

Je me souviens avoir lu « Replay » de Ken Grimwood, où le héros recommence sa vie une dizaine de fois. À chaque fois, il vit une existence différente, devient milliardaire ou SDF, invente Windows avant Bill Gates, prédit l'assassinat de Kennedy, parie sur des événements dont il connaît l'issue à l'avance. Mais lui, il voulait absolument s'éloigner de sa première vie, ne pas rencontrer la femme de laquelle il venait de divorcer, ne pas avoir d'enfants, faire un autre métier. Il peut donc se permettre tout ce qu'il veut.

Moi, c'est tout l'inverse. J'avais perdu Clotilde et je l'ai enfin retrouvée. Je suis reparti les bons rails, ceux de la vie que j'aime. Ceux qui feront de moi le mari de Clotilde. Alors, il ne faut pas faire de vagues. Ou le moins possible !

[105]

Il y a juste un petit souci, c'est que je suis coincé là, en 1986. Je m'imaginais partir une quinzaine de jours au maximum, retrouver Clotilde et sa signature sur la tasse et revenir en 2019 continuer notre jolie vie. Mais je n'avais nullement envisagé devoir recommencer toute ma vie jusqu'au fameux 8 mars 2019 où tout a basculé, je ne sais comment. La donne est différente.

Je suis là, dans ma chambre, allongé sur mon lit, à regarder le plafond. Nous sommes rentrés à la maison hier soir et j'ai vite retrouvé le train-train habituel.

« Benjamin, va te laver les mains, on passe à table, me dit Maman en passant la tête dans l'entrebâillement de ma porte de chambre.

— Oui Maman, j'y vais.

J'étais un petit garçon sage et obéissant, c'est ce que m'ont toujours dit mes parents, je ne vais pas les faire mentir. Je saute de mon lit et file dans la salle de bains.

— Alors, plus que deux semaines de vacances, me dit Papa en me servant des concombres. Tu es prêt à affronter Monsieur Rattier ?

Mon Dieu, Monsieur Rattier. Il y a déjà une semaine que j'y pense. Le cauchemar de mon enfance, le maître d'école le plus mauvais de la planète. Un an avec lui, c'est déjà l'enfer, alors deux… Mais je n'ai pas le choix. Il va falloir que je revive tout. Les bonnes choses comme les mauvaises. Et Rattier est la pire !

[106]

« 5…4…3…2…1…0… Bonne année !!!

— Bonne année ma Clotilde.

Je la serre dans mes bras. Premier janvier 1996. C'est exactement comme je le pensais, comme je l'avais gardé en souvenir. Elle est venue chez nous passer la deuxième partie des vacances de Noël. Et notre belle histoire d'amour a enfin débuté. Après des dizaines de lettres, des centaines d'heures passées au téléphone et plusieurs rencontres pendant des vacances, l'amour a pris le dessus sur l'amitié garçon-fille que nous traînions depuis des années.

Au milieu de tous les invités de cette soirée, je la serre contre moi, oubliant même de souhaiter une bonne année aux autres copains qui sont là et qui s'embrassent en riant et en criant. Nous sommes ensemble. C'est l'essentiel !

Voilà bientôt dix ans que je suis là, bloqué dans ma vie. Je revis tous les événements que j'ai déjà vécus, sans faire de blague, sans dire à personne que je sais déjà, sans chercher à influer d'une quelconque manière. Chirac est devenu président. Mitterrand va mourir dans un mois. Bill Clinton est à la Maison Blanche, ma grand-mère maternelle est morte à la date prévue, Papa a fait son premier accident cardiaque l'année dernière en rentrant du boulot. Une impression de destin écrit à l'avance. Je me souviens de tout. C'est parfois difficile de savoir et de ne rien dire. Même pour faire le mariole, pour me donner de l'importance. Mais je reste fidèle à ce que je me suis dit. Ne rien dire et revivre tranquillement en attendant 2019 ou l'occasion de revenir.

[107]

« Ça fume trop ici, j'ai les yeux qui piquent. On sort un peu ? me demande Clotilde en me prenant la main.

Clément, le copain qui nous a invités, habite une immense maison avec un superbe jardin. Ses parents sont pleins aux as, comme on dit. Nous passons tous deux prendre nos manteaux, histoire de ne pas choper la crève pour commencer 1996.

Nous ne sommes pas les seuls à avoir décidé de prendre l'air. Une dizaine de personnes font les cent pas sur la pelouse de la propriété. Certains fument des clopes, d'autres se font passer des joints, moi je n'ai jamais été tenté par cette saloperie, Clotilde non plus heureusement.

Nous marchons tranquillement en nous arrêtant de temps en temps pour nous embrasser et nous dévorer des yeux. Je suis heureux d'avoir pu revenir dans ma vie. Je suis certain maintenant d'avoir fait le bon choix. Nous nous arrêtons le long du grillage, sous un des réverbères de la rue qui nous éclaire doucement d'une lumière orangée. Clotilde passe le doigt sur mon front.

— Cette cicatrice, tu te souviens comment tu te l'es faite ?

— Bien sûr, Aubenas. Pour que tu restes…

C'est sorti comme ça…

— Pour que je reste ? Comment ça pour que je reste ?

Et voilà, la gaffe. Je me laisse aller et bing, la grosse boulette ! Et pourtant, je fais hyper-attention ! Je ne peux rien lui dire, elle me prendrait pour un dingue.

— Pour que tu restes avec tes parents sans que je vienne t'enquiquiner ! Laisse-moi finir ma phrase ! »

Elle sourit et m'embrasse. Ouf, j'ai eu chaud. Première gaffe, première alerte en dix ans !

[108]

Soudain, nous entendons chantonner derrière nous.

« Alors, les amoureux, ça va comme vous voulez ?

Nous tournons la tête vers celui qui vient de nous parler. Clément. Il est vraiment sympa ce mec. Il est dans ma classe, au lycée Paul Bert. Il redouble sa terminale et est passionné de foot et de chanson française. Le genre de type qui démarre au quart de tour. C'est une manie chez lui. Quand il est en forme, il embraye sur une chanson à chaque fin de phrase. Et il le prouve aussitôt. Il prend la main de Clotilde et commence.

— *Pour un flirt avec toi, je ferais n'importe quoi, pour un flirt avec toi !!*

Clotilde rit. Moi aussi. Je lève les yeux au ciel. La lune est dégagée, peu de nuages, une nuit super claire.

— C'est plus calme qu'à l'intérieur ici, et puis la nuit est belle ce soir, tu ne trouves pas ?

— *La nuit promet d'être belle car voici qu'au fond du ciel, apparaît la lune rousse !*

Clotilde rigole et continue la chanson d'Higelin.

— *Saisi d'une sainte frousse, tout le commun des mortels croit voir le diable à ses trousses.*

Et elle s'approche de lui en mimant la sorcière.

— Allez, arrêtez un peu de vous bécoter et revenez avec nous. Il reste du champagne.

— Oui, on va venir, t'inquiète ! Va nous servir deux coupes, on arrive.

— OK. À tout de suite. »

Et Clément repart en chantonnant. Je tends l'oreille. Je connais cette chanson. Je connais cette musique…

[109]

Il est midi. On est encore au lit. J'entends la pluie dégringoler sur le Velux de ma chambre.

Près de moi, Clotilde dort encore à moitié. Les lendemains de réveillon sont parfois douloureux, surtout quand on s'est couché à cinq heures.

« Mais si, voyons, tu la connais, je t'assure…

— Non, ça ne me dit rien. Laisse-moi, on verra tout à l'heure, j'ai la migraine !

C'est drôle, je ne sais pas pourquoi, mais la chanson de Clément me trotte dans la tête depuis tout à l'heure. Une mélodie facile, qui tourne bien, le genre d'air qui ne vous lâche pas une fois que vous l'avez dans le crâne.

Le genre « Le petit bonhomme en mousse » qui fait que rien que de lire le titre comme vous venez de le faire, vous avez déjà l'air dans la tête… et pour un moment si vous vous aventurez à le chanter pour de vrai.

J'essaie mentalement de coller des paroles à cette musique entêtante. Rien ne vient. Alors, je regarde Clotilde dormir et je continue à chercher.

Pour trouver plus facilement, je la fredonne doucement… Na nanana na nanana nananana…

Une voix d'homme ou une voix de femme ? je ne sais plus… C'est marrant, j'entends les deux…

Un duo, c'est un duo. J'en suis sûr maintenant. Ils chantent à deux et se donnent la réplique. Ils se répondent l'un l'autre. C'est clair.

Faire semblant de ne plus chercher. C'est comme ça que ça va revenir, c'est sûr. Je m'allonge, je ferme les yeux.

Ils sont deux. Deux.

Et soudain…

« *Deux étrangers au bout du monde, si différents… Deux inconnus, deux anonymes et pourtant…* »

Ça y est… Le siphon est lancé. Je pourrais la chanter en entier maintenant. Renaud. Axelle Red.

Voilà. J'ai trouvé !!! Clément chantait *Manhattan Kaboul*. Je savais bien que je la connaissais !!! Ah… Je suis trop fort !!

[110]

« Non, je t'assure, me dit-elle, ça ne me dit rien. Mais rien de rien…

Je reprends un croissant. Papa est vraiment adorable. Il est allé nous chercher du pain frais et des viennoiseries, sachant parfaitement qu'on allait se lever à des heures indues et qu'on n'aurait aucune envie d'un gros repas. Tous les ans c'est un peu la tradition chez nous. Gros petit déj pour commencer l'année en douceur !

— Enfin Clotilde, Renaud, tu connais ?

— Oui, quand même ! Morgane de toi, Miss Maggie et toutes les autres chansons. Je connais Renaud quand même, je ne suis pas débile.

— Voilà ! Alors Manhattan Kaboul. Sur l'album….

— Lequel ? Je ne vois pas. Vraiment ! Elle parle de quoi ta chanson ?

— Tu sais, c'est l'histoire de deux étrangers amoureux, un aux USA et l'autre en Afghanistan.

— Ah bon ?

— Mais oui, il a écrit ça après le onze-septembre.

— Le quoi ?

— Le onze…

Et soudain je réalise. Je m'arrête d'un coup.

— Non, rien, j'ai dû me tromper. J'ai confondu avec une autre chanson, ça me revient maintenant. Que je suis con…

— Ah bon, tu me rassures, j'avais l'impression de devenir dingue, parce que Renaud, je connais bien quand même ! Mon père l'écoute beaucoup à la maison. »

Bordel. Encore une fois j'ai failli faire une connerie. Le 11-septembre, c'est en 2001. Evidemment que Clotilde n'a pas pu en entendre parler le 1ᵉʳ janvier 1996. Les tours s'effondreront dans plus de cinq ans. L'Afghanistan, c'est un pays dont on ne parle jamais…

Mais alors… Clément ? Comment ça se fait qu'il connaît cette chanson ? Parce que ça ne fait aucun doute, c'était bien celle-là qu'il chantait !!

[111]

J'aurais bien voulu discuter de ça avec Clément aujourd'hui même, mais il est parti rejoindre ses parents à Courchevel pour terminer les vacances.

Je me souviens vaguement de ce mec lors de ma première vie de terminale. Il était plutôt discret, ne faisait pas de bruit, et surtout, je n'ai aucun souvenir de cette richesse étalée aussi ouvertement. J'ai retrouvé la plupart de mes copains et copines tels que je les avais laissés, j'ai même sympathisé avec certains que je n'avais pas fréquentés, mais lui, c'est un réel changement. Il est l'inverse de celui que j'avais connu. Un peu grande gueule, il a un avis sur tout, il aime débattre et surtout parler politique, et puis ce fric qu'il étale de façon ostentatoire, c'en est presque indécent. J'en profite un peu évidemment, ne serait-ce que pour ce réveillon 96 où rien ne manquait, où le champagne a coulé à flot dans l'immense maison de ses parents.

Il faut absolument que j'arrive à comprendre comment Clément connaît cette chanson. Je ne suis pas fou, je l'ai bien reconnue. Comment, peut-on chanter en 1996, une chanson publiée en 2002 après des événements de renommée mondiale mais qu'on ne pouvait pas soupçonner presque six ans avant.

Je ne vois pas trente-six solutions. Je ne suis pas le seul à revivre ma vie. Je dois absolument en avoir le cœur net.

[112]

Dix ans déjà que je suis ici, revivant ce que j'ai déjà vécu, en faisant quelques petites modifications, mais sans m'éloigner de la ligne que je m'étais fixée, à savoir, ne rien modifier d'essentiel. Mais ce n'est pas toujours facile.

J'ai revécu mon école primaire : une deuxième année avec Monsieur Rattier telle que je l'avais imaginée. Il ne s'est vraiment pas arrangé dans cette deuxième vie, et je l'ai aussi mal vécue que la première fois. Puis un CM2 tranquille avec Mademoiselle Cousin. Elle, je l'adorais. Et je crois que je l'ai adorée encore plus la deuxième fois. Aussi douce que Rattier était dur, aussi à l'écoute de tout le monde que Rattier s'en foutait.

Le plus long et le plus difficile : le collège. Quatre années au collège Jean-Zay. Je n'avais pas le souvenir que le collège était aussi dur, aussi cruel. La cour de récréation ? Une véritable jungle où les insultes volent bas, où les différences gars-filles sont flagrantes, où on méprise, où on humilie, où on frappe. Dans ce collège, j'ai retrouvé exactement les mêmes profs. Les Lacoste, Monsieur Rousseau, Madame Fardin entre autres. Les mêmes copains et les mêmes copines. Avec Martine, toujours aussi mignonne, dont j'étais secrètement amoureux. Et puis Béatrice. Je me souviens que je lui faisais du pied sous la table. Eh bien j'ai recommencé ! Et elle a autant rougi que la première fois.

Pendant ces dix années, j'ai revécu avec plaisir et bonheur les bons moments de la vie, j'ai essayé autant que faire se peut d'atténuer les mauvais moments, j'en ai même évité certains, j'ai fait parfois des choix différents, j'ai suivi des chemins parallèles à ceux de ma première vie, mais j'ai toujours avancé dans le bon sens, en espérant chaque jour trouver la route qui me ramènerait rapidement en 2019.

Et là, en janvier 1996, un espoir se dessine tout près de moi.

[113]

« Mesdemoiselles, Messieurs, vous n'êtes pas sans savoir que, dans quelques mois, les Etats-Unis éliront un nouveau président pour une période de ?

— Quatre ans.

La réponse est unanime. Tout le monde sait ça, évidemment.

Monsieur Lafitte est mon professeur d'histoire-géo. Je l'ai déjà eu l'an dernier en première. Il adore être à la pointe de l'actualité et comme les Etats Unis sont au programme de terminale, il est évident que nous n'allons pas échapper au sacrosaint cours sur les élections. Lesquelles élections verront la victoire sans appel de Bill Clinton avec plus de 70 % des sièges.

— À quel parti appartient le Président Clinton ? demande Monsieur Laffite.

— Au parti démocrate.

C'est déjà moins l'unanimité. Quelques voix manquent à la réponse collective.

— Oui, au parti démocrate, c'est exact. Ce qui correspond plus ou moins à la gauche chez nous, alors que les Républicains sont plus proches de notre droite européenne.

Et Monsieur Lafitte continue à tester nos connaissances.

— Quelle est l'emblème du parti républicain ?

C'est le silence qui lui répond. Là, l'ensemble de la classe est nettement moins enthousiaste. Ici ou là, fusent des bêtises, des rire et des moqueries. C'est Clément qui donne la bonne réponse.

— L'âne, M'sieur.

Toute la classe rit ouvertement.

— Ne riez pas, ni riez pas, coupe Monsieur Lafitte, votre camarade a raison, c'est bien l'âne qui représente le parti démocrate.

— Et pour les républicains, c'est le bœuf ? demande Sabine Lecrest, une petite blonde pourtant discrète habituellement.

Rire général de la classe.

— Non, c'est l'éléphant, reprend sérieusement le professeur. Un peu de calme s'il vous plaît.

Fin de journée, fin de semaine, tout le monde est un peu énervé, en a un peu marre. Histoire géo de quatre à cinq le vendredi, c'est vrai que ce n'est pas la meilleure heure !

Monsieur Laffite reprend la main.

— Clinton est donc un président démocrate. Connaissez-vous d'autres présidents démocrates ?

— Kennedy M'sieur répond Camille depuis le fond la classe.

— Très bien. Encore ?

— Roosevelt ? propose Clément.

— Excellent. Un autre ?

— Nixon ? intervient Véronique.

— Ah non, il était républicain.

Je lève la main. C'est le moment que j'attendais.

— Obama ?

Clément fait un bond sur sa chaise et me dévisage.

— Qui ça ? demande le professeur.

— Barack Obama.

— Je ne vois pas de qui vous parlez. On parle de présidents américains Benjamin. Ce nom ne me dit rien. Vous devez confondre.

— Le roi de la barraque, rigole Adrien.

— La barraque à frites, reprend Camille.

— Le premier président noir, répond Clément en me regardant.

Rires dans la classe. Monsieur Lafitte reprend son cours, oubliant l'incident immédiatement.

— Hey, Obama, il faut qu'on cause tous les deux, me chuchote Clément à la fin du cours, en regagnant le hall d'entrée.

— Je crois aussi. J'ai atelier maths de cinq à six, viens prendre une bière au Royal après les cours.

— OK, à tout à l'heure. »

[114]

L'heure de maths m'a paru durer au moins trois heures. J'ai passé mon temps à regarder ma montre, exaspérant la prof qui n'a pas manqué de m'en faire la remarque.

J'ai le nez dans ma bière quand Clément pousse la porte du Royal. Il salue le patron, commande sa consommation et vient immédiatement s'asseoir à la table où je l'attends depuis un bon quart d'heure.

Il ne prend pas de gants et aborde le sujet immédiatement.

« Alors, Obama ? C'est qui ? Explique un peu.

Bizarrement, il paraît assez agressif, du moins son ton est plutôt désagréable.

Je réponds en le dévisageant :

— Barack Obama, né en 1961, premier président noir, comme tu l'as dit tout à l'heure. Sénateur de l'Illinois. Marié à Michèle. Elu président des Etats Unis en 2008. Réélu en 2012.

On dirait que je récite un cours. En même temps, je n'ai pas de raisons de nier ou de tourner autour du pot. Je sais qu'il sait, vu sa réponse pendant le cours. Je continue.

— C'est Donald Trump qui lui a succédé.

Clément ouvre grand la bouche.

— Trump ? Tu rigoles ? Tu veux dire Trump, le mec de la télé ? Le milliardaire ? Donald ?

— Oui, Trump, il n'y en a pas quinze il me semble.

— Il est devenu président ? C'est lui qui a gagné ?

— Oui. Trump est devenu président en 2016.

— Non ? Et après Trump ?

Je comprends qu'il a compris.

— Là, tu m'en demandes trop, je n'en sais rien. Je sais qu'il a été réélu en 2020, mais après, je ne sais pas. Je me suis arrêté là.

Il s'arrête un moment puis me demande.

— Tu viens de quand ? de quelle année ?

— 2019. Mars 2019.

— Alors comment tu sais pour la réélection de Trump ?

— J'ai fait un saut en 2024. Mais pas longtemps.

— Moi, je ne suis jamais allé vers le futur. Toujours en arrière. Le futur me fait peur. J'aime le passé. J'y reviens souvent. J'aime faire la navette.

— Toi, c'est quoi ton histoire ? Tu es d'où et tu viens de quand ?

— La première fois, j'habitais en région parisienne jusqu'en 2015. J'étais chef de rayon dans un magasin d'électronique. C'est cette année-là, au mois de septembre, que j'ai fait mon premier voyage vers le passé. Depuis, j'ai fait trois fois la navette.

J'ai l'impression d'être dans un film de science-fiction.

— Plusieurs fois la navette ? Avec quel moyen ?

— Iphone 4, me répond Clément. Et toi ?

— Moi aussi. »

[115]

Et nous voilà partis pour une longue discussion. Politique, football, sport en général, cinéma, vie personnelle. Je lui explique pour Clotilde. Mon intention de la retrouver, de ne rien modifier de ma vie.

« Moi, me dit-il, c'est tout le contraire. Ma vie ne me plaisait pas. J'étais en instance de divorce, trois enfants, dans un immeuble à Sevran, un boulot pas intéressant du tout, un chef chiant, des difficultés financières. Et puis d'un seul coup, après avoir bricolé mon téléphone, je me suis retrouvé en juillet 1984 en me souvenant parfaitement de tout ce que j'avais vécu pendant ma vie entière. Et là, j'ai tout fait pour ne pas retrouver cette existence qui était la mienne. J'ai pris le contrepied complet. Moi qui étais un mauvais élève, un fumiste comme avait dit un jour de moi ma prof de français, je me suis appliqué, je suis devenu tête de classe, j'ai refait une autre vie. J'ai évité d'aller à la soirée où je devais rencontrer ma femme. En fait, j'ai tout fait pour avoir une vie complètement différente. Mais je me suis fixé sur moi uniquement. Après le suicide de mon frère, en 2010, je me suis dit que je pouvais éviter ça, penser aux autres, et pas seulement à ma gueule.

Il trempe les lèvres dans sa bière.

— Alors j'ai recommencé. Je suis revenu en 1987 cette fois-ci, et j'ai encore amélioré ce que je pouvais. Je me suis arrangé pour que mes parents gagnent plus de fric, qu'ils soient mieux lotis. En plus de refaire ma vie, j'ai refait la leur. Je leur ai donné le bonheur matériel qu'ils espéraient, tout en leur faisant croire que c'était eux qui guidaient leur vie. Cette vie-là me plaisait bien, je pensais avoir réussi, mais ces changements m'ont fait aimer les sports à risque, plus chers et plus abordables par les plus aisés et j'ai eu un grave accident de ski, en 2008 de ma troisième vie. Alors, j'ai repensé à l'IPhone et je suis revenu en 95, juste l'année dernière. Et si ça ne me convient pas encore, je recommencerai. Tant que j'aurai l'IPhone et que je saurai comment ça fonctionne, je pourrai refaire ma vie jusqu'à ce qu'elle soit parfaite. À ce moment-là, j'abandonnerai les couloirs du temps !

Je l'interromps.

— Justement, mon Iphone, je ne l'ai plus. Je suis coincé ici.

— Ah. Ça m'est arrivé aussi la première fois. Maintenant, je sais. Je vais t'aider.

— Mais comment ?

— Il n'y a pas que toi et moi dans ce cas, tu sais… »

[116]

Clément parle, parle, je ne peux pas l'arrêter.

« En fait, ce que nous vivons s'appelle le phénomène Minuipile. C'est ce que m'ont expliqué d'autres personnes que j'ai rencontrées et qui sont dans le même cas que nous. Au stade de ce que nous savons, ce voyage dans le temps, dans un sens comme dans l'autre, ne peut intervenir que par l'intermédiaire d'un Iphone 4 et à condition que la manipulation se fasse à minuit pile. Ce qui a dû être le cas pour toi. Je me trompe ?

— Non, la première fois que ça m'est arrivé, j'avais bricolé mon IPhone pour modifier certains paramètres et comme il était 23h55, j'ai trouvé amusant d'attendre minuit pile pour valider les modifications. J'aime bien les heures comme ça. 21h21, 22h22… Sauf que j'avais changé la date sans m'en apercevoir.

— Et les autres fois ?

— Je me suis souvenu de ce que j'avais fait, et comme par une pensée magique, je me suis dit qu'il fallait que je me remette dans les mêmes conditions pour que ça fonctionne.

— Tu ignorais donc que ça se passait uniquement à minuit pile ?

— Oui, jusqu'à ce que tu me le dises, tout de suite ! Un sacré coup de pot alors.

— Tu peux le dire. Sans tes croyances aux pensées magiques, on ne serait pas là à discuter tous les deux !

— Mais là, je suis coincé, comme je te l'ai dit. Je n'ai plus de téléphone, et je ne peux pas en acheter.

— Et l'Iphone 4 ne sortira qu'en…

— 2010, je sais ! Je l'avais acheté dès sa sortie, je m'en souviens parfaitement.

— Sans vouloir être indiscret, comment as-tu procédé pour remonter le temps ?

— Je l'ai mis à la date voulue en 1986.

— Oui, et après ?

— Je l'ai posé sur la table de nuit et je me suis endormi.

— Voilà !!!! C'est juste ce qu'il ne faut pas faire.

— Explique !

— Tant que tu changes pour une date où l'IPhone 4 existe, ou peut encore exister, pas de problèmes. Tu le laisses, tu le retrouveras.

— C'est ce qui s'est passé pour 2019 et 2024.

— Tout à fait. Par contre, si tu bouges vers une date où le modèle Iphone 4 n'existe pas, tu ne pourras pas le trouver. Puisqu'il n'existe pas !

— Alors, comment faire ?

— Il faut le garder sur toi. Ne pas le poser. Tu dois le garder dans ta main et t'endormir avec… La première fois, j'ai fait comme toi, il a fallu que j'attende 2010 pour revenir. En racheter un pour recommencer à voyager.

— Et comment as-tu su qu'il fallait le garder sur soi ?

— Je t'ai déjà dit, nous ne sommes pas les deux seuls. Il y a un réseau Minuipile. Je connais d'autres voyageurs. »

[117]

« Pour le moment, je ne peux pas encore te présenter aux autres membres du réseau. Tu es nouveau. On n'intègre pas le groupe à son premier voyage. C'est la règle. Par contre, je peux les contacter et voir si quelqu'un peut te dépanner. Il y a une grande solidarité au sein du Minuipile.

— Il y a beaucoup de membres ?

— Environ cinq cents à travers le monde. La plus grande concentration se trouve aux Etats-Unis et au Canada. Mais beaucoup de membres aussi en Asie et en Europe. Je vais voir si je peux te dégoter un téléphone. Au moins en prêt…

— En prêt ? Comment ça ?

— Réfléchis. À partir du moment où tu peux voyager dans le temps, grâce au Minuipile, tu peux retourner acheter un téléphone et revenir rendre celui qu'on t'a prêté.

— En racheter un ? Mais j'en ai déjà un, il me suffit de le récupérer à mon retour en 2019.

— Eh non, tu ne pourras pas. Tu l'as laissé dans l'autre couloir du temps. Celui où Clotilde n'existait pas. Celui où tu étais marié à Lison. Tu as quitté ce couloir en revenant précisément à l'endroit où les deux couloirs se sont séparés, en 1986. Il n'est donc plus accessible. C'est cuit…

— Mais mes photos ? Mes contacts ?

— Perdus. Inexorablement. Mais c'est un moindre mal. C'est comme si tu avais perdu ton téléphone dans un restaurant, ou qu'on te l'avait volé. Mais si tu as fait une sauvegarde sur un cloud avant de partir, tu les retrouveras !

— Tu vas donc pouvoir m'aider ? Super ! Mille mercis. Je vais pouvoir repartir en 2019 ?

— Pas immédiatement. Il va d'abord falloir que tu fasses un tour en 2010 et que tu reviennes ici.

— Pour quoi faire ?

— Acheter un téléphone et venir rendre celui qui t'aura été prêté.

— Mais si je l'achète en 2019 ?

— Non, tu galèrerais trop. Apple s'est rendu compte du bug Minuipile et ils ont corrigé dans les séries suivantes. Pourquoi crois-tu que le 4S est sorti aussi vite après le 4 ?

— Parce qu'Apple y a ajouté Siri, l'appli vocale ?

— C'est la raison officielle. Mais ils auraient pu attendre la sortie du 5. La vraie raison est la correction du bug 00-00. Seuls les tout premiers appareils sont compatibles avec nos voyages dans les couloirs du temps. Il faut donc que tu l'achètes en juin 2010, dès sa sortie. »

C'est incroyable. Clément semble sûr de lui. C'est grâce à ce copain et au réseau Minuipile que je vais sûrement m'en sortir et retrouver ma vie avec Clotilde. Si ça se trouve, demain, je serai revenu en 2019. J'ose à peine y croire !!

[118]

En fait, les choses ne se passent pas aussi rapidement que je le souhaite. Voilà quinze jours que Clément a contacté la cellule Minuipile. Il me l'a dit le jour-même. Ils se contactent entre eux, en utilisant les téléphones. Chaque téléphone contient les numéros de tous les autres.

« La solidarité est immense m'a-t-il dit. Ça prendra du temps, mais je suis certain de réussir à t'en dégoter un. Prends ton mal en patience, quitte à vivre ici encore quelques semaines ou quelques mois. On ne trouve pas un Iphone 4 00-00 comme ça en deux ou trois jours. »

Je continue donc à vivre ici, chez mes parents, en 1996. Ma correspondance avec Clotilde est toujours soutenue. Elle est retournée à Evreux finir sa terminale, passer son bac, comme moi. Nous nous téléphonons tous les jours. La sortie des téléphones sans fil nous permet maintenant d'avoir un peu plus d'intimité quand nous nous appelons. Nous ne sommes plus reliés au fil du téléphone qui trônait dans le salon jusqu'à l'année dernière ! Avec les oreilles indiscrètes qui allaient avec !

J'attends donc. Avec impatience. J'espère que les choses vont se décanter rapidement. Maintenant que je sais que l'échéance approche, je suis excité comme une puce. Je ne supporte plus le quotidien avec mes parents, leurs réflexions un peu acides, leurs petites manies, les clopes de Papa malgré son infarctus. J'ai l'impression d'être en prison même dans ma chambre. Les coups de fil de Clotilde sont une source de fraîcheur au milieu de cette ambiance étouffante.

Chaque jour, je croise Clément au lycée, chaque jour il me dit non. Je n'en peux plus…

[119]

Je suis arrivé presqu'une demi-heure en avance. Le patron du Royal m'a donné ma bière, j'allais dire, comme d'habitude, sans même que je lui commande. Il faut dire qu'on y est fourré quasiment tous les jours avec les potes du lycée. Il m'a prévenu au début du cours d'histoire géo.

« J'ai du nouveau pour ton téléphone. J'ai pas le temps tout de suite. À 6 heures au Royal, d'accord ?

Evidemment que j'étais d'accord.

— D'acc, à tout à l'heure.

Il est difficile d'imaginer comment j'ai vécu le cours d'histoire géo. Absolument rien à foutre de l'économie du Japon. Je n'arrivais même pas à prendre des notes. Complètement ailleurs.

Absorbé par mes pensées, je n'ai même pas entendu Clément arriver.

— Salut, me dit-il en me posant la main sur l'épaule, désolé de t'avoir fait attendre, j'ai été alpagué par la prof de philo, je n'arrivais pas à m'en dépêtrer !

— Pas grave, je ne suis pas à cinq minutes. Vas-y maintenant !

Clément prend un air sérieux.

— Voilà, commence-t-il, comme je te l'ai dit le mois dernier, j'ai pris contact avec le réseau. Ça a été un peu dur à mettre l'affaire en route au début. Il a fallu que j'insiste, que j'envoie d'autres messages, des rappels, car j'avais peu de réponses. Même les Canadiens étaient silencieux, eux qui sont pourtant assez bavards d'habitude. Enfin, bref, depuis une bonne semaine, toutes les réponses que j'attendais sont arrivées.

— Et ? Vas-y, accouche !

— Rien.

— Comment ça rien ?

— Rien, aucun portable dispo. Personne n'est prêt à en passer un, je ne comprends pas. Habituellement, la solidarité marche à plein, mais là. Zéro…

— Tu veux dire que je dois attendre et revivre tout ? Revivre la Coupe du monde dans deux ans, je veux bien, mais revivre les tensions internationales, le onze-septembre et toutes les embrouilles qui vont avec ?

Je ne sais pas pourquoi, mais je suis en colère et c'est le pauvre Clément qui prend. Lui qui s'est décarcassé pour essayer de me sortir de ce bourbier où je suis enfermé depuis dix ans.

— Moi, je suis venu ici en 86 pour quinze jours et ça fait dix ans que je suis là. Et tu me dis que la solidarité habituelle ne fonctionne pas cette fois-ci alors que j'avais tant d'espoir ?

— Attends, j'ai pas fini.

— Tu n'as pas fini quoi ?

J'ai du mal à me calmer.

— Quel autre espoir me donnes-tu ? Attendre encore quatorze ans pour que je puisse acheter un Iphone 4 à la FNAC de Caen, comme pour le premier ?

— Non. Je n'ai rien trouvé sur le réseau, mais tu partiras ce soir. »

[120]

« Enfin, vu la façon dont tu me parles depuis tout à l'heure, j'ai moyennement envie de te dire ce que j'ai à te dire.

Il a raison, je ne l'épargne pas. Je n'arrive pas à me raisonner. Le trop-plein de déception se voit même sur mon visage.

— Excuse-moi Clem. C'est vrai que je suis déçu et malheureusement, celui qui prend, c'est celui qui est là. Et ça tombe sur toi alors que tu as passé du temps pour moi. Je devrais te remercier au lieu de t'engueuler !

Clément me regarde fixement et prend un air sérieux. On a l'impression que ce qu'il va dire lui coûte énormément.

— Alors, voilà. Je t'ai déjà parlé de mes propres voyages ?

— Oui oui, bien sûr, plusieurs fois.

— Et je t'ai dit que ma vie était meilleure à chacun de mes retours ?

— Oui, tu me l'as dit, c'est vrai.

— Alors, écoute. J'ai de super résultats au lycée. Je suis assuré d'avoir mon bac avec mention bien, voire très bien. Je sais que je vais être pris en hypokhâgne l'année prochaine. Mes parents vivent super bien, dans une belle maison et sans avoir de problèmes de fric. Et je pense qu'ils n'en auront pas. Je sors avec Isabelle. C'est d'elle que j'ai rêvé dans mes vies précédentes. Alors voilà.

Et Clément pose sur la table son sac de lycée. Il l'ouvre, et, sans le sortir sur la table du café, me montre son Iphone.

— Ma vie me plaît bien, du moins le début de ce que je vis. Et je n'ai aucune envie d'en changer pour le moment. J'ai bien envie de continuer sur la ligne que je me suis tracée. J'aime ce que je vis en ce moment, la vie d'étudiant ne me fait pas peur. Pour ce qui est des événements internationaux, je sais ce qui va se passer. Pas de surprises. Alors, je veux vivre comme les autres, un jour après l'autre et ne pas avoir cette possibilité de retour en arrière. Alors que toi, cette deuxième vie te pèse. Tu n'as aucune envie de rester ici.

Je comprends ce qu'il veut dire. Je suis extrêmement ému. Je confirme.

— C'est vrai que je n'en peux plus. En plus, je suis un peu prisonnier de ma première vie. À la différence de toi, je ne veux rien modifier, rien changer. Je ne veux que retrouver la vie que j'avais avec Clotilde. Retrouver ma maison, ma classe, mes élèves, mes amis.

— Je comprends. Alors, voilà, mon téléphone, je te le confie. On se donne rendez-vous pour que tu me le rendes.

— Comment ça ?

— Réfléchis, malin. Si ma vie continue à bien me plaire, je vais la continuer tranquillement, au moins jusqu'en 2019. On devrait donc pouvoir se retrouver à ce moment-là ! Et ce sera dans pas longtemps.

— Mais si, 2019, c'est dans vingt-trois ans !

— Pas du tout ! 2019 c'est demain ! Si ce soir, tu t'endors en branchant le téléphone sur 2019, tu y seras demain matin ?

— Oui. Evidemment !

— Eh bien moi aussi ! Sauf que j'aurai mis vingt-trois ans à y arriver et non une nuit comme toi. Sauf… sauf…

— Sauf quoi ?

— Sauf s'il m'est arrivé quelque chose pendant ces vingt-trois années.

— Comment ça ?

— Je ne suis à l'abri de rien, comme tout le monde ! Une maladie, un accident, n'importe quoi qui m'empêcherait d'arriver jusque là bas.

— Ou un déménagement ?

— Oui, si ma vie est excellente comme je l'espère, je partirai peut-être aux Etats Unis, ou au Japon, ou en Australie ! Ou alors je serai reparti !

— Reparti où ?

— Dans le passé ! Je connais les séries 00-00. Si ma vie ne me convient pas ou que je souhaite modifier encore quelque chose, je peux acheter un Iphone 4 première génération en 2010 et revenir encore en arrière. Je connais la méthode !

— C'est vrai. Mais ça me gêne de te le prendre et de te laisser bloqué ici sans pouvoir bouger pendant quatorze ans au moins.

— T'inquiète, si je le fais, c'est que ça ne me dérange pas. Tu m'as raconté ta vie, et ça me fait plaisir de te voir repartir retrouver ton amour.

Clément fouille dans son sac et en ressort l'IPhone et son chargeur.

— Et pense à le charger à fond ce soir avant de l'utiliser. Il a besoin de beaucoup d'énergie.

— Je ne sais pas comment te remercier. Vraiment.

— Allez, ne perds pas de temps, file. Et ne t'en fais pas pour moi, ça va aller, je le fais de bon cœur.

D'un geste sûr, je mets le téléphone dans mon sac et tire la fermeture éclair. Nous nous levons en même temps. Je prends Clément dans mes bras. Nous nous étreignons.

— Allez, salut mon pote, et bon voyage me dit-il. Et rendez-vous à la FNAC de Caen le premier avril 2019 à midi. Tu me rendras mon téléphone et on ira bouffer ensemble. Je te raconterai ma vie pendant ces vingt-trois années à venir, et ça me fera plaisir de revoir Clotilde, vingt-trois ans après !

— Ouais, ce sera un bon moment !

— Et si je n'y suis pas, eh bien, n'en tire pas de conclusions hâtives. C'est juste que la vie m'aura empêché d'y être et puis c'est tout ! »

[121]

La lumière du lampadaire filtre à travers les rideaux. Un coup d'œil rapide sur le radio-réveil. Il est sept heures et demie. Il fait encore nuit. Les infos démarrent. Comme tous les matins.

Je reconnais ma chambre. Notre chambre. Je m'assois dans le lit. Je suis seul. Mais la place près de moi est encore tiède. Mon épouse a dû se lever depuis très peu de temps. Quelques minutes avant mon réveil sûrement. Près de l'oreiller, juste à côté de ma tête, je découvre l'IPhone 4 de Clément. Je le reconnais au premier coup d'œil. Le retour a bien fonctionné. J'espère que je suis en 2019. Rien ne me le prouve pour le moment.

« France Inter, nous sommes le 9 mars, il est 7 heures et demie. Les informations de la matinée, Nicolas Demorand ! »

Et voilà ! Même pas besoin de vérifier, j'ai la réponse avant de me lever. Je suis revenu au bon endroit, à la bonne date. Pour la date, je savais comment faire, pour le lieu, Clément m'avait expliqué comment faire pour se réveiller à l'endroit que l'on souhaite. Ça pourra me servir pour une nouvelle fois, éventuellement !! Mais je doute qu'il y ait une prochaine fois.

Je me lève et jette un coup d'œil à la chambre. Cette fois je reconnais tout. Mes fringues, les vêtements féminins posés sur la chaise, la housse de couette, tout. Tout semble correspondre. Mais je ne vends pas la peau de l'ours avant de l'avoir tué.

Encore nu, je pousse la porte de la salle de bains. Deux bricoles à vérifier…. Je m'arrête devant le miroir et m'approche au-dessus du lavabo. La cicatrice est bien là. Discrète, mais présente. Un bon point. Je fais deux pas et ouvre la porte de la douche. Le gel douche est au lait. Comme j'aime. Fini le coquelicot sucré et désagréable au réveil.

Un bruit en bas. Il y a quelqu'un qui marche et j'entends la bouilloire. Rapidement, je passe mon peignoir et m'engage dans l'escalier. Mon cœur bat à tout rompre pendant que je descends les seize marches jusqu'au couloir qui dessert la cuisine et le bureau.

Une boule de poils me passe entre les jambes. *Praline* ! Elle ronronne en me suppliant du regard ; Elle doit avoir faim. Si elle est là, c'est que je suis à coup sûr dans le bon couloir.

« Bonjour mon cœur. Je t'ai préparé ton café, tu n'es pas en avance ce matin.

J'ai reconnu sa voix. Dès le premier mot. Je sais que c'est Clotilde. Depuis le temps que je l'entends chaque jour !

J'entre dans la cuisine et la prends dans mes bras. Je la serre contre moi. Je suis tellement heureux de la retrouver ! Je reconnais son odeur. Ah ! Proust avait raison, il y a des odeurs qu'on n'oublie pas !

— Dis donc, tu parais bien amoureux ce matin !

— Clotilde, je suis si heureux de te retrouver !

— De me retrouver ? Mais qu'est-ce que tu racontes ? On vient de dormir ensemble !

— Je sais, je sais, je disais ça comme ça !

— Allez, bois ton café, tu vas être en retard, tu es de service ce matin, tu sais bien !

Elle passe près de moi et m'embrasse au passage. Sur la table, ma tasse. Ma fameuse tasse des vacances. Je m'approche et la prends en mains. Trois signatures ! Je savais bien que j'avais raison !

— Au fait, j'ai pensé à un truc cette nuit, me dit-elle. J'en ai un peu marre des moulins à café sur les murs de la cuisine. On changerait bien pendant les vacances. Qu'est-ce que tu en penses ?

Je souris. Je propose :

— Oui, on pourrait mettre de la peinture à la place du papier peint !

— Comment tu fais pour deviner ? C'est juste à ça que je pensais !

— Et pourquoi pas bleu ? dis-je.

— Oh non, tu sais bien que j'ai horreur du bleu ! J'avais pensé à peindre des murs de couleurs différentes, genre gris et vert.

— Ouais, pourquoi pas, on en reparle ?

— Oui ! Allez, je file à la douche ! »

Et elle disparaît dans l'escalier.

[Paramètres]

[Merci]

Un grand, immense merci à **Laurent Loison** sans qui cette histoire n'existerait pas, du moins sous cette forme. Retrouvez-le sur son site : www.laurent-loison.com.

Merci à mon fils **Quentin** avec qui j'ai composé la trame du roman lors d'un voyage Bordeaux-Caen en voiture. Six heures de route, quasiment six heures de discussion sur Paramètres. Il restait encore bien des points à éclaircir en arrivant à Caen, mais le plus gros du synopsis était fait.

Merci à **Annie**, ma petite femme, qui a eu la primeur de la lecture, chapitre par chapitre, au fur et à mesure de leur écriture. Elle a eu droit à toutes les réflexions, tous les doutes, toutes les incertitudes, toutes les premières versions non abouties.

Merci à ma collègue **Christelle**, la première à avoir lu ce livre en entier entre la première et la deuxième relecture. Je sais maintenant que tu n'as jamais de panne d'oreiller !

Merci à **Céline** qui m'a fait un compte-rendu détaillé, qui a corrigé les coquilles au crayon pendant ses déplacements en train. Et désolé d'avoir failli te faire louper ton arrêt tellement tu étais passionnée.

Merci à ma **Maman** qui m'a fait remarquer qu'il y avait treize fois le mot *merde* dans le manuscrit et qu'elle n'aimait pas ça. Il doit en rester un si je me souviens bien !

Merci à **Aurélia**, mon ancienne élève, à **Aurélie**, mon ancienne collègue, à qui j'ai donné le manuscrit et qui l'ont lu et corrigé également (et elles n'ont pas trouvé les mêmes fautes !)

Un immense merci à **Loïc**, mon collègue chanteur breton qui a scruté en détail le manuscrit pour y dénicher approximations, répétitions, accents circonflexes manquants ou vocabulaire inapproprié. une dernière relecture hyper-efficace.

Et merci à tous mes amis de Facebook (page auteur) qui m'ont guidé dans la construction de la couverture de ce livre.

Merci à **l'Association de Auteurs Indépendants du Grand Ouest** qui m'a accueilli en son sein. Une superbe association qui a pour objectif de promouvoir la production littéraire et artistique des auteurs et illustrateurs indépendants de Bretagne, Pays de la Loire et Basse-Normandie.

Retrouvez tous ces auteurs sur le site de l'Association :
https://auteurs-independants-go.org/

[Du même auteur]

Juste un petit grain de sable, recueil de 30 uchronies

À chaque jour son histoire : Tome 1 : Janvier-Février 59 histoires, Une pour chaque jour de ces deux mois.

À chaque jour son histoire : Tome 2 : Mars-Avril. 61 histoires, Une pour chaque jour de ces deux mois.

À chaque jour son histoire : Tome 3 : Mai-Juin. Paraîtra dans le courant 2019.

Disponibles en numérique sur Amazon et les principales plateformes de téléchargement d'ebooks.

Peuvent être commandés au format papier sur le site de l'auteur : https://www.amor-fati.fr

Le chat immobile (texte) avec des illustrations de Sandra Garcia chez Nat's Editions. Disponible sur le site de l'éditeur, sur le site de l'auteur (https://www.amor-fati.fr) et dans toutes les librairies dignes de ce nom.

Je m'appelle Mo (100 000 signes) disponible en version numérique sur Amazon. En version papier sur le site de l'auteur : https://www.amor-fati.fr ou sur Amazon.

[Contact Amor-Fati]

Vous pouvez me joindre :

Sur mon site d'auteur : http://www.amor-fati.fr

Sur ma page Facebook :
https://www.facebook.com/jmbassetti/

Sur mon compte Twitter : https://twitter.com/Amor_Fati14

Sur mon compte Instagram :
https://www.instagram.com/jeanmarcbassetti/

Par mail : jmb@amor-fati.fr

[Savez-vous ?]

Vous avez aimé ce livre ?

Parlez-en autour de vous, faites le connaître à des blogueurs par exemple.

Chroniquez-le si vous avez un site perso ou un site professionnel sur lequel vous écrivez.

Ecrivez un commentaire sur le site où vous l'avez téléchargé (chez Amazon, par exemple, la mise en avant dépend du nombre de commentaires positifs et du nombre d'étoiles : plus vous avez de comms et plus vous êtes visible…)

Utilisez les réseaux sociaux mis à votre disposition (Facebook, Twitter, G+).

Likez, Twittez, Retwittez, Partagez, Sharez (?).

Déposez un commentaire sur le livre d'or de mon site auteur www.amor-fati.fr.

Offrez le livre à vos amis (en version papier ou numérique). Avec mon meilleur ami, nous fêtons nos Non-anniversaires, comme dans Alice au pays des merveilles. On se fait des petits cadeaux tout au long de l'année, pour partager ce qu'on a aimé… alors pourquoi pas ?

Vous n'avez pas aimé ce livre ?
J'en suis désolé.

Bon, **dites-le autour de vous**, mais pas trop fort… laissez chacun se faire son opinion…

Déposez un commentaire sur le livre d'or de mon site auteur www.amor-fati.fr. Il n'est pas obligé de ne recevoir que des avis positifs et je ne supprime pas les mauvais !

Ecrivez-moi à jmb@amor-fati.fr et expliquez-moi le pourquoi de votre opinion négative. Je suis évidemment ouvert à toutes les discussions.